網路小
Novel@

相遇，遺落在時空裡

Micat著

如果相戀是註定的事，那麼無論世界多大，錯過了多少次，
最後，我們終究會相遇。

我總以為像我這樣平凡的女孩，
就該過著一如白開水般平淡無味的人生，
遇見他，從此生活變得有苦有甜，
因為愛上一個人而感到幸福，也因為付出而感到滿足。

無論是光圈先決，或是快門先決，
對我來說，任何有你燦爛微笑的光影，
就是我的幸福先決。

1

今年的秋天好像來得特別早，尤其在下了幾場雨之後，氣溫明顯地下降許多，早晚添了幾許涼意，我還幾度錯覺以爲已經是冬天了。

坐在北上的客運上，已經過了大約半小時左右的車程，平常幾乎一上車就呼呼大睡的我，今天竟然出乎意料毫無睡意。

其實倒也不是精神多好，只是儘管連打了幾個呵欠，還試著閉上眼睛想慢慢入睡，試了幾次，最後還是沒有睡著，意識依然莫名清醒。最後，我拉開窗邊的布簾，看著窗外已經開始慢慢暗了下來的高速公路景色，偶爾有一排昏黃的路燈晃過。

收回視線，打算乾脆玩玩手機遊戲來打發時間。才剛伸手要從包包裡拿出手機，還沒滑動解鎖鍵，手機鈴聲正好響起而且震動起來，阿浩搞笑的來電顯示照片出現在我的手機螢幕上。

「喂？」

「哇塞！好有默契，這麼快就接了。」

「是啊……」我壓低音量，雖然旁邊座位沒有坐人，但從前面兩個座椅的空隙中，我看見坐在我斜前方的人，發現他正歪著頭睡得很熟。

「不會正好也想撥電話給我吧？」阿浩的語調微微上揚。

「當然沒有，臭美。」窗上映出我微微皺了皺鼻頭的樣子，「只是正好無聊，想拿出手機玩遊戲。」

「原來如此，那看來是我想太多了。」手機裡傳來阿浩爽朗的笑聲，「不過，號稱一上車就睡死的妳，也有無聊到想玩手機的時候喔？」

「我也不太敢相信。」我輕笑了一聲，心想阿浩真不愧是我的青梅竹馬，把我的習性摸得一清二楚。

「我猜一定是我沒和妳一起回家的關係，妳一個人坐車，沒辦法太安心，所以才睡不著吧。」

「也許吧！」因爲長時間維持同一個姿勢，我的大腿有些發麻，於是我微微挪動了身子。

經阿浩這麼一說，我也覺得非常有可能是他說的那樣。上大學以來，我每次回家，十次有九次都是和阿浩一起搭車的，也許是因爲身邊沒有他，無法太安心，也或許是因爲……習慣。

想到這裡，又讓我不免讚嘆起我和阿浩的奇妙緣分。阿浩的家和我家之間只隔了五、六戶，我們和同一條街的幾個小孩從小玩在一起。因爲幾個孩子年紀都差不多，所以大家不但是放學後的好玩伴，在學校也是最要好的死黨。這群死黨中，就屬我和阿浩的感情最好，儘管我和他從國小到高中都沒有同班過，但兩個人好像就是特別聊得來。然後，又因爲緣分使然，兩個人進入了同一所大學，甚至還是同一個科系，所以有很多共同的必修、選修課程，常常有機會碰面。

每次和這些小時候的玩伴聚會，聊到這樣的緣分時，我總是會對命運的巧妙安排讚嘆不已，但是另一個玩伴紫庭老是當著大家的面反駁我，然後消遣阿浩，要阿浩直接招認這不是巧合，而是看我推甄上哪一所大學，他才填同一所大學的志願。阿浩不但不反駁，反而和紫庭一搭一唱的，說紫庭完全料得正著。

總之，我和阿浩、阿浩和我，目前為止仍持續被這奇妙的緣分綁在一起。

我現在大二，喔！是「我們」現在大二，未來如果沒有意外，應該還會延續這段緣分到大四。

「喂？小嘻？」

「嗯？」我回過神來。

「還以為斷訊了耶……」

「沒有啦！」

「原來是又發愣了妳。」

「才沒有。」

「對了，妳現在到哪裡了？」

我看了看窗外，想從已經變暗的景色中找到快速往後跑的標示路牌，可惜盯了十幾秒，都沒看見標示所在位置的路標，「不知道這裡是哪裡耶……」

「那沒關係，妳上車多久了？」

「應該……」我看了手錶一眼，「應該有四十分鐘了吧！」

「好，那我大概抓個時間再出發去接妳。」

「你慢慢來，如果累了……」

「如果累了，妳可以自己搭公車對不對？」阿浩打斷我的話。

我不自覺笑出來，「嗯。」

「說好會去接妳就是會去，晚點見。」

「好啦！晚點見。」

「如果妳下車還沒看見我，記得先在大廳等我。」

「嗯，我會在大廳等你。」輕輕點了點頭，重複一遍阿浩的話，其實我知道體貼的阿浩一定會這樣提醒我，但我也知道，他一定會在我下車前，抵達等候的地方。我一下車，他就會對我揮著手，趕緊走過來，接過我手上的行李。

和我們一樣是青梅竹馬玩伴的紫庭就曾說過，阿浩根本是我們這五、六個死黨的守護天使，明明我們三個人都是同一屆的，他卻總像一個大哥哥般保護照顧著我們。

除了這樣的緣分，我也覺得自己的確和阿浩特別聊得來，雖然常常被紫庭和其他人拿來說嘴，但我和阿浩總會以四兩撥千金的方式帶過。

人與人之間，有時就是會莫名其妙地特別投契，不知為什麼格外聊得來，我和阿浩就是如此。

會和阿浩特別有話聊，我想，有部分原因是由於我們都來自單親家庭。倒也不像電視劇演的那樣，什麼單親家庭的孩子因為被其他同學嘲笑，而彼此互相扶持的情況，純粹是一種很微妙的……類似「我懂你的辛苦，也懂你心底那一個傷口」的默契。

有些時候，人與人之間的感情，往往會透過那個藏在心裡的故事，而變得更緊密、更堅韌。

「那我掛電話囉？」停頓了幾秒，等不到我回應，於是阿浩又開口，「小嘻？」

「我在聽。」

「是在發呆吧？」

「哪有，只是想了一下事情而已。」

「什麼事？」

「不重要啦！」

「那我掛電話囉？」

「嗯，拜拜！」我本來想按下結束通話，又趕緊將手機貼回耳朵，「阿浩！」

「嗯？」
「路上小心。」
「哈哈！會的，待會兒見。」

2

車子一到站，因爲尿急的關係，我拿了行李就立刻衝下車。走往車站大廳時，我拿出手機撥打阿浩的電話，還不忘左顧右盼地搜尋阿浩的身影。結果，我既沒有看見阿浩，手機那頭也沒有阿浩爽朗的聲音回應我。

上完廁所，找了大廳中間的位置坐下，決定要邊玩手機邊等阿浩時，這才看見阿浩剛剛傳來的訊息。

「小嘻，路過妳最愛吃的豆花店，怕回程時打烊了，所以等我一下下，幫妳買個薑汁豆花就過去，在大廳等我！」

看了訊息，我因爲阿浩的貼心而揚起嘴角，當我準備回訊息時，突然有人叫了我。

「同學……」是一道低沉而且有點沙啞的聲音。

「嗯？」我抬頭看了看站在我面前的阿伯，「阿伯，有什麼事嗎？」

「同學，我坐車到這裡來找朋友，結果錢包掉了，可不可以向妳借個幾百元，讓我買票坐車回南部？」

「幾百元喔……」腦子沒有多想什麼，我一邊重複阿伯的話，一邊將手機放進口袋，準備從包包裡拿出錢包來。這時，有一個男生突然走到我們面前，站在我旁邊看著那位阿伯。

「乾脆直接請警察送你回南部，你覺得怎麼樣？」滿好聽的聲音，我先是抬頭看了一下他的側臉，不過因爲身高的差距，我幾乎看不到他的表情，後來再看向阿伯爲難的臉。

「少年仔，借個幾百元而已嘛……」

「你確定你會還嗎？」男孩的聲音裡有一點點的冷淡與……決絕。

「不是啊！我今天……」

「警察先生！」男孩對著站在車站側門的警察揮了揮手，「我們這裡需要幫助。」

「幹！」警察準備往我們這裡走來時，阿伯竟然出乎我意料地罵出了經典一字國罵，匆匆走出車站大門。

「同情心應該要有個限度。」

我嚥了一口口水，視線從他胸前的那一顆鈕釦移到他臉上。仰著頭看他，自覺應該對他說些什麼，卻因爲他的目光而擠不出半句話。

「不然，就算妳是億萬富翁，金錢也不夠被妳的同情心花用。」

我盯著他的眼睛，突然覺得他的眼神有一點熟悉。

會是他嗎？

我腦海閃過一個念頭，下一秒又覺得應該不會這麼巧的時候，他再度開口。

「我臉上有什麼嗎？」

「喔……」好多的問號不斷冒出來，佔據了我的腦海，「沒……沒有。」

「以後不要再被騙了。」

「嗯，」抬頭看著他的臉，我仍然疑惑，「請問……」

「嗯？」

「你、你是不是……」我止住了話，實在不知道該從何問起。

總不能說「請問我認識你嗎」這樣的話吧，也不太可能說一段冗長的往事，問他是不是一年前我到學校參加推甄時，爲了幫忙找不到考試地點的我，因而自己趕不上第一堂課的那個男孩。

不管怎麼問，在我的認知裡，聽起來都像是搭訕的手法。

「是不是什麼？」他把眉毛高高揚起，一掃剛剛和阿伯說話時的嚴肅，臉部表情放鬆許多。

「沒什麼啦！」我尷尬地笑了笑，不知道該怎麼回應他，這個時候，正好聽見車站門口傳來阿浩呼喚我的聲音。我鬆了一口氣，「我朋友來了，先走喔。」

3

「雖然有點涼掉了，還是很好吃吧！」和我並肩坐在系館外的矮牆上，阿浩帶著滿足的笑容說著。

「當然，有名的招牌豆花店耶！」我笑了笑，舀一口豆花放進嘴裡。

「一來擔心豆花涼了，二來又擔心妳等太久，所以我是拚命加快速度衝去找妳的，沒想到還是稍微涼掉了。」

「沒關係，我覺得一樣好吃。」手捧著豆花捧到有一點痠，我將豆花放在一旁，看向前方，突然想起在車站遇到的那個人。

「吃不下囉？小嘻？」阿浩邊說，大大的手在我眼前晃呀晃。

「啊？沒有啦，我休息一下。」我回過神來，看著阿浩的臉笑著說。

「那妳在想什麼啊？」

「我在想……其實也沒什麼，」我吐了一口氣，「只是覺得，剛剛遇到的人很像我推甄面試時遇到的那個男生。」

「妳說剛剛在車站時和妳說話那個男生嗎？」阿浩問我。

「嗯……」我點點頭，「你剛剛也看見他了嗎？」

「看到他的背影，我還以爲是妳同學。」

我抿了抿嘴，再次端起豆花，舀了一匙吃下，把在車站大廳發生的事情經過鉅細靡遺講了一遍，「不過我也不敢確定到底是不是他。」

「妳沒問啊？」

我搖搖頭，嘆了一口氣，「沒有。」

「爲什麼？」

「就覺得很像搭訕啊！」

「有什麼關係！」

「不要，我說不出口。」

「開口問了，總比妳現在這樣猜測來得好吧！」

我思考了幾秒阿浩的話，後來覺得自己的確有幾分後悔，如果剛剛把握機會問個清楚，也許我現在就不必陷入猜測的苦惱中。

不過，我也很清楚，雖然此刻我稍稍地被阿浩說服，但就算時光可以倒回，回到在車站大廳那個時空，我也一定會做出一樣的舉動，此刻的我，同樣會在這裡向阿浩抱怨自己爲什麼就是問不出口。

因爲不夠大方，鼓不起勇氣做一些事後想想根本沒那麼恐怖的事情。對於生活的態度偏向保守，覺得每個夢想都遙不可及，只敢安分地過日子，這就是謝筠嘻的風格。

而謝筠嘻就是我，我就是謝筠嘻。

我的本名是謝筠嘻，但從小到大，朋友總是覺得唸起來不順口，所以都和我的家人一樣喊我的小名——小嘻。

「不過話說回來，那個人對妳而言眞的這麼重要嗎？」阿浩也端起他的豆花，瞇著眼睛看我。

「也許吧！」我聳聳肩，其實那種感覺我也說不上來。

「如果再有機會遇見他，就鼓起勇氣問清楚吧！」阿浩笑了一下，眼睛彎彎的。

「希望囉！」我一口氣喝掉所有的湯，把空碗放進袋子裡，「啊！」

「怎麼了？」

我跳下矮牆，看了看放在一旁的背包，以及背包旁的小提袋，「糟糕！」

阿浩將豆花放在一旁，也跟著我跳下來，「怎麼了？」

「今天出發前，我媽要我和她一起做一些小飯糰，還叫我帶上來跟你一起吃，但是……好像沒拿到，咦？」我將兩個袋子仔細地翻了翻。

「還是丟在車上？」

我想了想，記得下車時還特別提醒自己要帶下車的……難道是忘在車站大廳嗎？皺了皺眉，我猜一定是忘在車站了，「可能在車站。」

「那我載妳回去看看。」

「可是……」

「走吧！」阿浩又拿起碗，將剩下的豆花全部吃掉，然後也把空碗放進塑膠袋，「免得被人撿走。」

「嗯。」

「要是限量的小丸子便當盒不見了，妳會很難過吧？」

「阿浩……」我懊惱又著急，又有一點點氣自己的粗心。抬頭看著很溫柔的阿浩，在覺得有點對他不好意思的同時，再次發現他眞的非常了解我。

「走吧！」

「謝謝你。」

「謝什麼啊！不過，出發之前，我先查一下車站的電話，請他們先幫忙找找看有沒有丟在那裡。」

「嗯。」我點點頭，阿浩已經開始用手機搜尋車站電話，不久後他就開始撥號。

結束了通話，阿浩將手機放進口袋，「車站服務台的人說他們才剛換班，所以要先和上一班的工作人員確認，叫我留下電話。」

「是喔……應該找不到了吧！」因爲失望，我不自覺嘆了一口氣。

「沒關係，我們親自去一趟找找看。」

「可是車站那邊不是說……」

「搞不好等一下就來電說找到啦！或者根本還在原處，我們去找找看就是了。」

「……」我從阿浩的眼神裡，看見了他一直以來的體貼。

每當我退縮或消極的時候，他都會用這樣帶著鼓勵意味的體貼眼神看著我。

4

阿浩花了比平常更短的時間就載我抵達客運車站。

我們走進大廳，直接往剛剛我坐著等阿浩的地方走去。只是，愈接近目標，我就愈來愈失望。我看見剛剛坐的位置，和原本放著我行李的椅子上，都已經有等車的旅客坐著了。而且在我視線所及之處，都沒有任何像便當袋的東西。

「好像沒有了……」

「沒關係，我們過去看看。」阿浩拍拍我的頭，像平常一樣地有耐心，和我一起往座位區前進。

走到座位前，因爲怕打擾坐在位置上的旅客，我站在一旁小心地研究我的東西有沒有被放在地上或是角落。

但是阿浩就積極多了，他直接走上前問：「小姐，不好意思，請問妳有沒有看見一個印著小丸子圖案的便當袋？」

「沒有耶！」

「謝謝妳。」阿浩帶著禮貌的微笑，又走到旁邊，問了另一個男孩一樣的問題，但也得到了否定的答案。

「應該是找不回來了，算了啦！」

「再找找看，若眞的找不到，我們也可以向服務台問問看。不過，除了這裡，還有可能忘在哪裡呢？下車之後妳還去過什麼地方？」

我抓抓頭，思考了一下，「啊！我去過廁所。」

「廁所？那走吧！」

「嗯，」我點點頭，像突然看見一盞明燈般開心，所以跟著阿浩，轉身準備往廁所的方向走去。結果被不知何時站在我後面的站務員嚇了一跳，「哇！」

「同學！你們在找東西嗎？」站務員笑咪咪的，很有禮貌地問我。

「對。」我稍稍吐了一口氣，帶著尷尬的笑看著他。

「怎麼了嗎？是不是有人撿到乘客遺失的東西？」阿浩開了口問。

「呃……算是。不過，撿到的人留了這個。這是妳朋友請我交給妳的。」站務員將一張摺了兩摺的便利貼遞給我，「因爲剛剛在處理一些事，沒有直接送去服務台，正想要拿過去，沒想到妳就正好來了。」

「嗯？我朋友？」

「對方是這麼說的。」

「喔，謝謝您。」我帶著滿滿的疑惑收下那張便利貼。

「不用客氣。」

「謝謝您。」再次向站務員道謝，我疑惑地盯著便利貼，然後看了阿浩一眼，「怎麼會是給我的？」

阿浩抿抿嘴，然後聳了聳肩，「打開看看吧！」

「嗯……」我點點頭，慢慢打開便利貼，小聲地唸出上頭的文字。「同學，妳的便當袋忘在等候區了，等了一會兒妳都沒有出現，因爲我另外有重要的事情，所以我先把便當袋帶走，我留下我的手機號碼給妳，再打電話和我聯絡吧！對了，我是剛剛那個勸妳別濫用同情心的人。」

「原來是被撿走了。」我抬頭對阿浩笑了笑，終於安心下來。

「打電話過去？」阿浩揚起他濃濃的眉毛，貼心地拿出他的手機。

「用我的好了。」我也從外套口袋拿出手機，照著紙條上的號碼撥打，但連撥了兩通都轉進語音信箱，「都沒有通。」

「不然，傳簡訊給他吧。」

「我們先回學校好了，到時再試試看，搞不好那時候他的電話就通了。」

「嗯，那我們走吧。」

我點點頭，因為知道便當盒的下落而放心了不少，和阿浩一起離開了車站。

5

送我回到學校後，阿浩像往常一樣陪我走回宿舍。途中我們又撥了三通電話，但那個人的手機始終轉進語音信箱。後來我聽從阿浩的建議，回到宿舍第一件事情，就是傳簡訊給對方，說明我是便當袋的主人，並且請對方回個電話。

剛打完最後一句話，按下傳送鍵，我就聽見上鋪傳出「妳回來啦」的聲音。我嚇一跳，才發現原來室友玉瑄原本就在房間裡睡覺，她同時也是我上大學後最要好的朋友。

「嚇我一跳！」我拍拍胸，呼了一大口氣。

「我可是一直都在這裡睡覺唷！」玉瑄坐起身，邊說話邊爬下木製樓梯，踩到地面時還看了看手錶，「妳今天比較晚回來耶。」

「對呀！」我嘆了一口氣，把今天遇到的烏龍事大致講了一遍。

「然後呢？」玉瑄睜大眼睛好奇地問我。

「電話都不通，看來也只能傳簡訊了。」我晃晃手機。

「那個人帥嗎？」由玉瑄的表情看來，她對我的烏龍事件倒是挺感興趣的。

我白了她一眼，「我不知道。」

「快說嘛……怎麼可能不知道。」

我想了想，猶豫著該怎麼回答玉瑄，「算是不錯吧。」

「怎樣個不錯法？」玉瑄走到我面前，拉了椅子坐下。看來，沒有給她滿意的答案，她不會輕易放過我的。

「就……」我一邊想，一邊把已經打好的簡訊送出。

「就怎麼樣？」

我停頓幾秒，認真回想一下，還是不知道該怎麼回答玉瑄，「就……」

「好啦！我問妳，跟阿浩比起來呢？」

「幹麼跟阿浩比！」我抿抿嘴，想再次重複已經講過好幾次的話，「玉瑄，阿浩在我心中……」

「的確很重要對不對？」玉瑄翻了翻白眼，打斷我的話，「不是任何人可以和他相提並論的對不對？」

我輕輕點了點頭，懷疑玉瑄絕對可以把我的話倒背如流。

「既然阿浩對妳來說這麼重要，那你們幹麼不考慮在一起？」

「在一起？」我瞪大眼睛，沒好氣地說：「說什麼考慮在一起啊？阿浩也是有眾多追求者的好嗎？怎麼可能對我有意思？」

「感情的事哪有什麼不可能？」玉瑄嘟著嘴，看起來十分不認同，「妳的條件又不差，而且日久生情這種事也很常見啊！」

「我當然相信日久生情，但在我和阿浩身上不適用，而且……」

「感情來了是很難說的。而且什麼呢？」

「熟透了的感情，應該很難昇華爲愛情吧！」

玉瑄皺皺眉，似乎在思考著我的話，不到幾秒她又開口，「那假使有一天阿浩說他喜歡妳，向妳告白呢？」

我堅決地搖搖頭，「不會有這麼一天的。」

「這麼肯定？」

「因爲我們的感情不只是友情，還有一點點……接近親情的成分吧！」我揮揮手，腦海裡浮現一些畫面。小時候，每當我不開心時，阿浩總像個哥哥一樣安慰我。「唉呀！總之我和阿浩不會變成男女朋友的，所以別再討論這無謂的假設了！」

「那就來聊聊今天那個邂逅，妳覺得呢？」玉瑄瞇起了眼，曖昧地看著我。

「不是邂逅。」我強調。

「快點啦！」她拉拉我的手，不停催促我，「說嘛！不然說說看那個人長得怎麼樣就好。」

我拗不過玉瑄，思考了幾秒，「長得滿不錯，而且……」

「什麼？」

我伸出食指，「妳不可以大驚小怪的喔！」

「好。」

「當時，我覺得他長得很像我推甄時遇見的那個人。」

「眞的假的？」我的話顯然引起玉瑄極大的好奇，她放大音量，驚訝地問我，眼神彷彿因爲興奮而閃耀出好幾顆星星。

我點點頭，嘆了一口氣，「但我不太確定。」

「我的老天啊！」玉瑄誇張地拍拍額頭，「妳不要告訴我妳沒問他……」

「我眞的沒有問他。」我苦笑了一下。

「小嘻，他就在妳面前，妳幹麼不問清楚？下次遇到也不知道是什麼時候了。」玉瑄嘆了一大口氣，兩頰好像因爲懊惱或生氣而鼓鼓的。

「我擔心認錯人了，覺得這樣會很丟臉。」

「就算不是那個人，妳也可以問問看啊！」

「我其實也有點後悔啦。」我抿抿嘴，「因爲阿浩的看法和妳一樣。」

「沒關係啊，妳不是要傳訊給他嗎？拿便當盒時一定也有機會問的。」玉瑄瞇起了眼，賊賊的笑容很有含意，「到時候……」

「怎樣？」

「到時候發現他正好是妳朝思暮想的那個人，妳該不會就愛上他吧？」

「玉瑄，妳是不是偶像劇看太多了？」

「不然說說看，妳幹麼一直記著那個人？」

「那是因爲……因爲……」

「嗯哼？」玉瑄一副「願聞其詳」的樣子。

「因爲他借我的鉛筆袋一直在我這邊，如果能還他，就不用一直欠著啦！」

「其實他願意這麼乾脆地借妳，又沒留下任何聯絡方式，表示這個鉛筆袋或是裡面沒有特別重要、特別具有意義的東西，所以囉……老話一句，要麼，就把裡面的筆拿出來繼續使用，不然就丟掉算了。」玉瑄揚著眉，有點故意地說。

「這可是我救命恩人的東西耶！」我皺皺鼻頭，「而且是我在這個學校第一個認識的人。」

「此言差矣，阿浩才是妳在這個學校裡名符其實『第一個認識的人』好嗎？」

「他不算。」我堅持地搖頭。

「爲什麼不算？」

「因爲我本來就認識他。」

「嗯，可是……」玉瑄的話還沒講完，就被我手機清脆的訊息提示聲打斷。玉瑄很戲劇化地睜大了眼睛，像期待什麼般看著我，還誇張地指著我的手機，示意要我快看看是不是那個男孩傳來的簡訊。

「嗯……」不知道是不是受了玉瑄的影響，我的心跳好像變快了些。我有那麼一點點緊張，按下按鍵，看著他回覆的訊息。

「他說什麼？」

「他說……」我眼睛盯著手機螢幕，「他說他剛剛在社團的窩，那邊收訊不太好，還說了抱歉。」

「重點呢？」

我看了玉瑄一眼，當然明白她口中的「重點」。我再度看著手機螢幕，「他說他要再練習一下，晚一點會跟我聯絡。問我是不是住校，約一個比較方便碰面的地方。」

「哇！好期待唷！」

我聳聳肩，覺得此刻的心情有點奇怪，剛剛的緊張感好像又增加了一點，此外，好像還有一點點期待。

「就等他電話囉！」

「好想陪妳去，一來是比較安全，二來是出於我強大的好奇心。」玉瑄雙手合十，「只是，半小時後我就要出門，和我親愛的男友去慶祝交往一週年紀念日了。」

我點點頭，表示了解，「反正只是拿一下東西而已，應該就約在宿舍門口吧。」

「那妳要不要順便把那個鉛筆袋帶去和它的主人相認啊？」

我皺了皺眉，「不要，有點尷尬耶！搞不好是我認錯了。」

「帶去啦！」玉瑄用命令式的口吻指著我的抽屜，「就帶去吧！」

6

玉瑄出門後沒多久，我就接到了「那個人」的電話。於是我穿上一件薄外套，抓起隨身的包包，飛快往宿舍大門衝去。

在我走出女生宿舍門口時，發現因爲是星期天晚上，外頭聚集了不少人在聊著天。昏暗且微弱的燈光下，我突然有點擔心自己能不能認出他來。我看見一個身高差不多的男孩背影，準備走過去時，突然有一個低沉的嗓音喊了我的名字。

順著聲音傳來的方向看過去，我花了約莫三秒的時間，確認叫我的人就是在車站遇見的那個男孩。走到他面前，尷尬地苦笑了一下，「差點就認錯人了，眞尷尬。」

他笑了笑，微微低下頭，小聲地說：「那個人比較胖一點好嗎？」

「是、是嗎？」因爲距離太近，我覺得很不好意思，直覺地往後退了一步，突然之間不知道該怎麼化解這種尷尬，於是我立刻開口，「對了，你怎麼知道我的名字？」

「便當盒上有妳的姓名貼紙。」

「原來是這樣……」我恍然大悟地點點頭，發現他背著一把吉他。

「喏！還給妳。」他微舉起提著便當袋的手。

「謝謝你。」

「妳先別謝得太快。」

「什麼意思？」接過便當袋，我疑惑地看著他。

「剛剛在社團練習時太餓，我把裡面的飯糰全部吃光了。」他又笑了，眼睛和阿浩一樣笑得瞇瞇的。

我看著他的眼睛，又想起了那個熟悉的眼神。

眼前的他，在車站時遇見的他，以及當時借我筆袋那個人的眼神，漸漸在我腦海中重疊。

不知道是不是錯覺，還是因爲在車站時遇到阿伯的小插曲，當時他的眼神與態度好像格外冷漠又嚴肅，但此刻他帶著笑容，反而更像當初遇到的那個人。

不過，眞的是他嗎？

我該問嗎？

今天在車站遇見時，那種被好多問號佔據腦海的感覺彷彿再次重演，而我又陷入了猶豫的情境裡。

「妳生氣了嗎？對不起，我原本只是想確認便當盒裡有沒有東西，或者需不需要放到冰箱裡冷藏，但後來眞的太餓，所以……」

「不是，我沒有生氣，我只是……」我急忙打斷了他的話。一接觸到他擔心又認眞的眼神，我竟突然詞窮了。

不過幸好玉瑄在這時來電了，很有默契地如超人般解救了我，「不好意思，我接個電話。」

他抿抿嘴，「嗯。」

我從外套口袋拿出手機，按下接聽鍵，「喂？」

電話那頭的玉瑄刻意壓低音量，「小嘻，他打電話給妳了嗎？」

「嗯，我現在在宿舍門口。」我知道玉瑄聽得懂我的暗示。

「那正好，我出門前，趁妳不注意的時候偷偷把那個筆袋放進妳的包包了，要把握機會喔！」

我看了他一眼，往旁邊走了兩三步，「玉瑄……」

「別再猶豫了，現在就是所謂的天時地利人和，快把握機會。」

「好啦。」

「加油，我掛電話囉！」

「拜。」掛了電話，將手機放回外套口袋，我又走回他面前。正想著該怎麼問他的時候，他反而先說了話。

「妳朋友擔心妳單獨赴約啊？」

我搖搖頭，「不是啦！再說，約在宿舍門口，應該也不會有多危險吧？」

「這很難說。」

「很難說？」

「有時候網友約了見面，一開始也許是在宿舍門口會合，要是女生單純一點，或是男生壞一點，說不定約會強暴的事件就發生了。」他聳聳肩，「所以注意一下也是應該的。」

「所以……」我沒想到他會說這些話，瞬間有點詞窮。

「所以妳朋友會擔心妳也很正常啊。」

我點了點頭，心裡想著玉瑄的吩咐。然而，儘管我的內心已經被玉瑄說服，有一千萬個衝動想開口問他，但隨著心跳節奏愈來愈快，我也愈來愈不知道該用什麼方式來開啓我的問句。

「怎麼了嗎？」他用一種有點疑惑又帶了一點關心的眼神看著我。

「沒有……」

「還是因爲那些飯糰有特殊用途，是準備給男朋友吃的嗎？假使眞是這樣，那實在很對不起。」

「不是的！」我苦笑著說：「不是因爲飯糰，而且我眞的沒有在意或生氣，其實應該是我要謝謝你幫我把便當袋帶回來才對。」

「一碼歸一碼，不然下次換我請妳吃東西。」

「眞的不用啦。」我尷尬地笑了一下，搖著手拒絕。

「那就謝謝妳的大人大量了！」

「嗯，也謝謝你特地拿過來。」

「不用客氣啦！舉手之勞而已。那我先走了，下次請妳吃東西喔，拜拜！」說完，他就轉身要離開。

「喂，同學！」不知道哪裡來的衝動，看著他已經轉身的背影，我又叫住了他。

「啊？」

「呃……」我緊張地握緊拳頭，「還是我應該叫你學長才對？」

「我大四，妳呢？」

「我大二。」我的拳頭握得更緊了，「學長，我想請問你。」

「好，請說。」

「請問……」我吞了一口口水，「請問我們有沒有見過面？呃，大約一年多前。」

「應該沒有吧。」他臉上原本疑惑的表情立刻被淡淡的微笑取代。不知道是不是錯覺，我覺得他的笑容好像有點神祕，「或者妳可以說說看，妳在什麼場合看過我？」

我將手放進包包裡，抓著筆袋。

也許是因爲看我一直沒有開口，他體貼地想替我化解尷尬，於是率先問：「怎麼了嗎？」

「沒、沒有，可能是我認錯了，眞抱歉。」一種莫名的尷尬快速塡滿了我的身體，耳根子還有點熱熱的，我決定盡快結束話題。

「那我先走了喔！」

「拜。」我笑了笑，放開原本在包包裡抓著鉛筆袋的手，對他揮揮手道別。

我笑著和他道別，可是看他離去的背影，我又不禁對自己的猶豫感到後悔。

幾度想要叫住他，心裡不乾脆的猶豫卻在開口喊他的前一刻阻擋了這念頭。

也許，愈是在意，就愈無法眞正瀟灑地順著心意行事吧。

7

「同學，不好意思！請問……」我連跑了兩棟建築，大口大口地喘著氣，好不容易遇到一個正跑上樓的男孩。

「嗯？」男孩停下腳步，轉身看我。

「這棟大樓是……」我拍拍胸口，「是教學大樓嗎？」

「嗯。」男孩帶著淡淡的微笑，點點頭，「妳是要參加推甄面試的同學嗎？」

「你怎麼知道？」我抓抓頭髮，心想自己此刻看起來一定既慌張又狼狽。

「看妳穿得這麼正式，我想應該是吧！」他仍笑著，「面試地點在哪間教室？」

「呃……」我看了一眼手上早被我弄皺了的面試通知書，「五〇六教室。」

「第一個數字代表樓層，所以五〇六教室就在五樓，不過今天電梯沒有開放，妳要從那邊的樓梯上去比較快！」

順著他指的方向看去，我猶豫了一下，最後還是不好意思地說：「可是那邊的樓梯我已經上下走了兩趟，五樓也找過了，都沒有找到五〇六教室。」

「五〇六在長廊的最後面，右轉才會看到，所以妳只要……」他修長的手在空中比畫著，看到我臉上變得更爲難的表情，他停頓幾秒，「唉，我帶妳上去好了。」

「可以嗎？」

他看看手錶，「走吧！」

「謝謝你。」我跟著他往前走向樓梯，但我不習慣穿有跟的鞋子，儘管只是一點點鞋跟，還是讓我無法矯健地行走。但爲了跟上他的腳步，我盡可能加快速度。

「妳……」他走到二樓樓梯口的轉彎處，停下來看著距離他還有三、四階的我，「是不是不習慣穿這種鞋？」

我抬頭看他，腳步仍不敢停下，「對啊，不習慣穿有跟的鞋子，而且這雙又是新鞋，所以……」

「那如果不趕時間，就走慢一些吧！」

「我是怕耽誤你的時間。」我呼了一大口氣。

他聳聳肩，哈哈地笑了兩聲，「妳已經耽誤了，所以我就蹺課吧！」

「蹺課？」

「一個人的未來和蹺一堂課比起來，應該重要太多了吧？」

「眞對不起，我……」

「不用說對不起，是我該謝謝妳，讓我有蹺掉第一節課的理由。」

就這樣，他很體貼地放慢腳步，甚至走到我身旁，和我一起並肩走著，一直走到五樓。

「所以五〇六教室就在那裡嗎？」我指著長廊另一端，看到那兒有個小小的立牌，「剛剛好像都沒看到那個告示牌……」

「可能妳太緊張，所以忽略了吧。」

「也許吧！」我尷尬地笑了笑，「謝謝你，也許現在你還可以趕去上課，我自己走過去就好，謝謝。」

他溫柔地笑了笑，指著前方，「沒關係，走吧！」

「喔……」點點頭，我接受了他的好意，一直走到長廊另一端。

「平安到達，快去簽到，也祝妳好運。」

看見五〇六教室前貼著「面試處」四個字，我心中的大石終於放下，於是我又對他道了謝，看著他離去的背影漸漸變小，才轉身準備簽到。

然而，拿起筆寫完名字，準備走到教室旁的等候區時，我突然有種不祥的預感，想不起來自己昨晚有沒有把桌上的筆袋放進包包裡。我又開始緊張得冒出冷汗，趕緊往包包裡尋找筆袋……

果然忘了！

我立刻回頭，顧不得隱隱作痛的腳趾，往長廊的方向跑了幾步，大喊，「喂！等一下！」

已經快走到另一頭的他停下腳步回頭看著我，用稍大的音量問我，「怎麼了？」

我往前跑著，跑到他面前時，我又像剛剛一樣上氣不接下氣，「可以借我一兩枝筆嗎？」

「嗯？」

「我忘了帶鉛筆袋出門，待會兒好像要填寫表格，所以……」我喘著氣。

他笑了，很乾脆地從背包裡拿出一個筆袋，「這個借妳。」

「只要一兩枝筆就可以了！」

「就帶著吧！以備不時之需。」

我猶豫了一下，但面試的預備鈴聲在這時候響起，於是我只好趕緊接過筆袋，「那就先借我囉！」

「快去吧！祝妳好運。」

我點點頭，往五〇六教室跑去，然後停下腳步，轉過身，「對了！」

「嗯哼？」

「我叫謝筠嘻，朋友都叫我謝小嘻，以後希望能以同校學妹的身分把鉛筆袋還你。」

「哈哈，好的。」他揮揮手，轉身拋下一句話，「加油！謝小嘻。」

回到宿舍，我坐在書桌前，靜靜地趴在桌上，盯著眼前書架上的某本書，想起這段我時常想起的往事。

這個片段在我腦海播放的次數已經無法計算，每個細節和對話我都能一一地清楚敘述，唯有那個男孩的臉，卻是隨著時間漸漸變得模糊。所以，我實在無法確定在車站遇到的那個學長是不是鉛筆袋的主人。

不過這一次，令我驚訝的是，當我又回想起這段往事，竟自然而然地將記憶中那個男孩和他聯想在一起，因爲他們的眼神以及笑容眞的很相似。

但是，世界上眞的有這麼巧的事情嗎？

想到這裡，我的思緒不自覺地想起剛剛在樓下時與他的談話。

儘管他最後的反應並不讓我覺得困窘或難堪，但面對他的當下，我就是覺得好尷尬，總覺得有點像刻意搭訕他似的。

算了！

我抓抓頭，決定不再爲這件事懊惱。就算他覺得我有意和他攀交情或是舉止很奇怪都無所謂。我連他的名字都忘了問，以後應該也不會再有機會碰面，他怎麼想又有什麼關係呢！

這樣一想，我放心了些，於是原本趴在桌上的我坐直身子，決定把東西整理整理，再去洗個舒服的熱水澡，好好休息一下。

我拿出行李袋裡的衣物，並且順便整理書桌，把幾本零亂地放在書桌上的書收回書架上。

對！洗澡之前，先把便當盒洗一洗吧！

我拿起放在一旁的便當袋，將裡面的便當盒拿了出來。當我打開便當盒蓋，除了發現便當盒被洗得乾乾淨淨之外，還有一張便利貼映入眼簾，尤其是比其他字體大一些而且置中的兩個字，快速地抓住了我的目光。

「借據」。

借據？

借據

謝小嘻同學，不好意思，我眞的太餓了，沒經過同意就吃掉妳的飯糰，有機會再另外請妳吃飯。

還有，飯糰眞的很好吃。

總而言之，這就是一張借據，除了依約請妳吃飯，加上報答飯糰成爲我救命糧食的恩情，所以將來如果有什麼要我幫忙的，儘管告訴我，別客氣。

對了，我是觀光系四年級的方允評。

方允評？名字還滿好聽的嘛。我抿抿嘴，坐回書桌前，再把便利貼上的留言看了一次，接著才想起被玉瑄刻意放進我包包裡的鉛筆袋。

將鉛筆袋放在便利貼旁邊，我盯著分別屬於不同男孩的東西，後來也突然覺得好笑，自己怎麼會把這兩個東西的主人誤認爲是同一個人。

也許是因爲太想當面謝謝那個借我東西的學長了。

我把下巴拄在桌上，腦海裡不自覺浮現剛剛方允評說話的樣子，邊想還邊無意識地將鉛筆袋的拉鍊拉開、拉上，拉開又再拉上，直到拉鍊卡了一下，才將我從思緒中喚了回來。

完蛋了！

我看著眼前卡住的拉鍊，決定用力拉開。沒想到，我一用力，竟然徹底把拉鏈扯壞，拉鍊頭就這麼脫離了軌道。

眞的完蛋了啦！

我懊惱地看著手上的鉛筆袋，將筆袋裡的筆和文具倒出來，正想著應該怎麼處理時，和男朋友吃完大餐的玉瑄剛好回來了，眼尖地看見鉛筆袋的異樣。

「怎麼啦？」玉瑄連包包都還沒放下就快步走到我面前。

「被我拉壞了。」我嘆了一口氣。

「我看看，」玉瑄坐在我的床上，面對著我，並且接過我手上的鉛筆袋，「搞不好可以修得好。」

「它整個都分離了。」

「別忘了我對縫紉這種事還挺在行的，也許修得好，我看看……」玉瑄認眞地看著手上的鉛筆袋，有模有樣地試著修理拉鍊。

「希望可以弄好，不然也希望有裁縫店願意幫忙。」我在一旁幫不上忙，只好認眞祈禱。

「方允評！」玉瑄突然加大音量說出這三個字。

「嗯啊！幫我拿回便當盒的人就是方允評，」玉瑄明明很認眞在修理拉鍊，我不懂她爲什麼突然提起便利貼上的名字，但我還是拿起桌上的便利貼遞到玉瑄面前，指著寫了「方允評」三個字的地方。「玉瑄，妳先幫我看看可不可以修理啦！」

玉瑄看了一眼便利貼，接著用一種很誇張的表情盯著我，「小嘻！他眞的是方允評耶！」

玉瑄的反應讓我摸不著頭緒，「對啊！可是我現在比較在意的是鉛筆袋的拉鍊能不能修好。」

「小嘻，妳看！」玉瑄開心地笑著，將鉛筆袋的袋口張開，我於是看到內層有三個字。

「方允評？」我不敢置信地又看了便利貼上的名字，確確實實和鉛筆袋內層的名字一字不差。

「他就是他啊！妳沒認錯耶。」

「我眞的沒有認錯！」我開心地抓起玉瑄的手。

玉瑄既開心又驚喜地看著我，但隨即被另一個疑惑的表情取代，「咦？不對啊！這樣看起來……妳剛剛沒有直接問他？」

玉瑄的問題打斷了我們原本的開心與驚喜，我想起他說之前應該沒見過我的語氣。所以，他應該對我完全沒有印象吧！

「怎麼了？」

「就是……」我又嘆了一口氣，把我問他問題後，他回答我的那一段敘述給玉瑄聽。

玉瑄聽了，像個經驗老道的長輩搖搖頭，「問句不對。」

「啊？」

「妳想想，對一個有一面之緣但日後完全沒交集的人，一般人有可能留下什麼深刻印象嗎？」

我皺了皺眉。

「妳捫心自問，如果不是他借妳鉛筆袋，又帶妳到考試的地點，讓妳很感激，妳會記得他嗎？」玉瑄抿抿嘴，「而且妳對他的印象應該也有點模糊了吧！」

我無奈地點點頭，覺得玉瑄的推論很有道理。只是，當我想起方允評表示沒有見過我的樣子時，心裡卻湧上了奇怪的情緒。

好像有一點點難堪、一點點失落，別人都沒把這個放在心上，自己幹麼記得這麼牢。

有時候，我們很在乎某個人，會把和對方之間發生的某段回憶牢牢記住，到頭來卻發現在意那些事的只有自己。

「那妳說的『問句不對』，是什麼意思？」

「妳應該要把那時候的經過告訴他，或者一不做二不休，直接拿出鉛筆袋，問問看這是不是他的啊！」

「嗯，下次吧！」我指著鉛筆袋，苦笑了一下，「至少先把這個拉鍊修理好。」

「嗯……」玉瑄看了看，「對了！可以拿到附近的裁縫店或手工藝品店修理。」

「看來也只能這樣了。」

「修理好之後，就直接和他相認吧！」

「嗯。」我點點頭，雖然我知道玉瑄的用心，也知道自己本來就該把這個鉛筆袋物歸原主，但心裡好像就是有一點點奇怪的感覺，或許他完全忘了這個鉛筆袋。

玉瑄吐了一口氣，將鉛筆袋放在我的桌上，然後站起身，把斜背著的包包拿下來，走到自己的書桌前。這時她像突然想到了什麼似地說：「對了！」

「嗯？」

「忘了告訴妳，妳知道爲什麼我剛剛這麼驚訝嗎？」

「妳一直都很驚訝啊！」我故意開玉瑄的玩笑，但其實還是有幾分的認眞。

「妳知道方允評是誰嗎？」

我疑惑地想了幾秒，「觀光系四年級的學長。」

「不只是這樣，」玉瑄挑起了眉，「他還是吉他社的社長。」

聽了玉瑄的話，我想起他背著吉他的畫面，「原來如此。」

「妳知道重點是什麼嗎？」

「熱愛吉他？喜歡吉他？對吉他有莫名的愛好？」

玉瑄比伸了食指，在我面前左右搖了搖。「不只這樣，他可是去年校內歌唱比賽的冠軍。」

「這麼厲害喔？」

「妳才知道！去年一直邀妳去看比賽就是不肯，妳當時如果跟我一起去，搞不好那時候就認出他來了。」

「嗯。」點了點頭，我不打算再說些什麼。

「好！我決定了，下個月的比賽，無論如何都要拉著妳去看。」

「玉瑄……」我爲難地看著她，「妳明知道我不喜歡唱歌，說難聽一點差不多是音痴一個。」

「我唱歌也沒有好聽到哪裡。反正只是看別人比賽，那是一種參與的樂趣嘛！再說，聽聽歌也是消遣娛樂呀！」

「嗯……」

玉瑄雙手合十，像神遊到比賽現場一樣，「就算對唱歌沒有興趣，看著台上的參賽者這麼積極追求自己的夢想，妳不覺得那是很令人感動的事情嗎？」

玉瑄露出一種欽佩又感動的微笑，其實我懂她臉上的笑容。儘管我覺得追求夢想這種事情實在和我謝小嘻沾不上邊，不過爲了避免和玉瑄繼續在這個話題上鑽牛角尖，我緩緩地開口，「我懂。」

「總之，今年的票下星期就開賣了，我一定會幫妳買一張的。」

「我……」

「就這麼說定了。」玉瑄打了個大呵欠，「我準備去洗澡了。」

我吐了一口氣，將原本放在桌上的筆放進抽屜的小置物籃裡，再把壞了的鉛筆袋收進包包，決定明天就去學校附近找一下裁縫店或手工藝品店。

8

上完一整天的課，原本要練球的阿浩因爲球隊臨時取消練習，於是便和我一起離開了教室。

「小嘻，今天想吃什麼晚餐啊？」

我看了一眼阿浩的側臉，「還沒決定耶！今天玉瑄要和她男朋友去吃飯，所以我還在考慮。」

「那我們去吃學校附近的鐵板飯！」阿浩笑著說：「朝思暮想的鐵板飯啊！我今天到目前爲止只吃了一頓早餐，肚子好餓。」

「好啊！有一段時間沒去吃了，可是……」雖然被阿浩口中的鐵板飯吸引，但我突然想起今天原訂的計畫。「可是我要去修理一下鉛筆袋的拉鍊。」

「壞了再買就好了，何必這麼大費周章？」

「不是我的，是那個……」話說到一半，想到阿浩也不認識方允評，於是我改口，「是那個救命恩人的鉛筆袋。」

「怎麼突然壞了？」

我嘟了嘟嘴，「昨天一邊在想事情，結果一個不小心……唉，不提也罷。」

「那就先去修東西再一起去吃飯吧！」

「可是你不是很餓？」我皺了皺眉，心裡交戰著。

「沒關係。」

「不要啦！不然你先去，我隨後就到。」

「別再推辭了，一起去！」阿浩笑著，一種毫不介懷的體貼笑容，「小嘻的事情，可是比我的肚子餓更重要一千萬倍。」

「阿浩，你是肚子餓壞，意識不清了嗎？」我又皺了皺眉。

「我才覺得妳奇怪呢！我們的交情需要這麼客氣嗎？」

看著阿浩認眞的表情，我由衷笑了出來，「謝謝你。」

「傻瓜。」阿浩拍拍我的頭，再次露出溫暖又體貼的微笑。每次我不小心做了什麼烏龍的事情，或是給阿浩添麻煩的時候，他總是對我露出這樣的微笑。

他的笑，讓我安心，而且感到溫暖。

這一瞬間，我又想起玩伴紫庭的話。

阿浩就像個大哥哥，總是守護我們、讓著我們。

「對了，妳後來有沒有聯絡到撿走妳便當袋的人？」

「有，我們約在宿舍門口，一手交錢、一手交貨。」

「哈！」

「那……」阿浩原本看著我的目光，突然看向前方，「昨天那個人，是那個救命恩人嗎？」

我把昨天和方允評的對話告訴阿浩，「玉瑄說我根本就問錯問題。不過到了後來，案情倒是出現讓人意想不到的發展。」

阿浩抿抿嘴，點了點頭表示了解，「然後呢？」

我看著阿浩，很故意地賣了關子，只有在阿浩和玉瑄面前，我才會開玩笑地學電視戲劇的台詞。通常阿浩聽見我說出玩笑話，都會捧場地大笑，但此刻他竟然沒有以往的反應，反而露出非常正經的表情。

「後來回到宿舍和玉瑄聊天時，她意外發現了鉛筆袋裡的名字。」我拉開包包拉鍊，拿出放在裡面的鉛筆袋，微微翻開內層。

「方允評……這怎麼證明是他？」

「他昨天把我便當盒裡的飯糰吃光了，貼了一張便利貼向我道歉，在上面留下了名字。」

「也寫了『方允評』？」

「嗯，眞好笑，也不怕飯糰是不是有毒什麼的。」想到方允評昨天的行爲，我說出了自己的想法。

「嗯……」

「眞是個奇怪的人，還是該說他作風瀟灑，或者……」我愈講愈覺得好笑。當我不自覺笑出來時，突然發現阿浩的表情看起來有一點嚴肅，好像在想些什麼。

我伸手在阿浩眼前晃著。

「啊？」阿浩終於回過神來。

「怎麼啦？」

「只是覺得眞巧。」阿浩笑了笑，但此刻的笑容卻不是我熟悉的模樣，和剛剛的表情一樣使我感到陌生。

「我也覺得很巧，不過這也證明我很會認人。」

「呵，是啊！」

「對了，我還聽玉瑄說，方允評是去年校內歌唱比賽的冠軍耶！」

「我知道。」

「你也知道？」我驚訝地看著他。

他點點頭，「那次的比賽我有去，他表現得很出色。」

「是喔？」

「而且他是吉他社的社長，算是學校的風雲人物吧！」

「風雲人物？」我皺皺眉，「那我怎麼不知道？」

阿浩拍拍我的頭，「因爲妳一直都狀況外啊！」

「哪有！是他不夠有名吧！」我皺皺鼻頭，「再說，我哪有狀況外？我知道我們家阿浩也是球場上的風雲人物啊！」

「嗯哼！然後呢？」

「我還知道，你們班上有幾個女生和一些學妹可是很迷戀你的。」

「再來呢？」阿浩挑高了眉，很故意的。

「再來就是，不要再三心二意了，明明就有幾個很棒的選擇，還遲遲不交女朋友。」

「妳倒是挺關心我的。」

「當然啊！這次回去，我還遇到王爸爸了。」

「喔？」他微微睜大眼睛，「然後呢？」

「他叫我幫你介紹女朋友，說他想抱孫子了。」

「我的老天啊！我家老爹是瘋了嗎！愛亂開玩笑也該有個限度吧。」

想起幽默風趣的王爸爸，我的嘴角不自覺往上揚起，「哈哈！對呀！他眞的很幽默，還問我說你不交女朋友是不是因爲我的關係呢。」

「什麼？」這次阿浩不僅睜大了眼睛，連眉毛都高高地揚了起來。

「阿浩，你這麼激動幹麼？」

「沒、沒有啊。」

「他就說，依他對你的了解，你一定是因爲我。」

「嗯……」

「不過很快就被我反駁了，我立刻答應他，若是有合適的女孩子，一定介紹給你，讓他早點抱孫子。」我笑著說：「想也知道，他兒子是眼光比較高啊。拜託！我們是青梅竹馬，又像家人一樣熟悉，怎麼可能發展愛情嘛……」

「解釋清楚就好。」

「對啊！不然他一定會告訴我媽，說我誤了你的青春。」我吐了舌，「到時候，我媽肯定又會碎唸我了。」

「太誇張了。」阿浩笑了一下，原本停下的腳步又繼續往前邁開。他往前走了兩步後，又停下來，「不過……」

「不過什麼？」我趕緊跟上，走到他身邊，疑惑地問他。

「誰說感情太好、太熟悉的兩個人，就不會有發展愛情的可能呢？」阿浩看著我，眼神裡有著莫名的認眞。

「阿浩？」我抬頭看著他，想確認他眼裡的情緒。

「電視劇不都這樣演的嗎？青梅竹馬的好朋友，最後發展成情侶。」他的眼睛因爲笑容而變得彎彎的。

「那是電視劇。」他又恢復了我熟悉的表情，也許不應該這樣想，可是我卻隱約察覺自己心裡感到鬆一口氣。

「也對。」

「你想想，如果我們變成情侶，手牽著手……」我抓抓頭，「感覺不是很不自在嗎？我想，第一個就被紫庭笑死。」

他停頓了一下，「紫庭一定會大作文章的。」

「對啊！」我笑笑的，想像了一下紫庭誇張的表情。

不只是紫庭，也許連阿浩和我都會不自在吧？

在戲劇中，常常有青梅竹馬交往的浪漫情節，看戲的時候當然覺得扣人心弦，也覺得男女主角實在好登對，希望他們快快修成正果。但是，將這樣的情境套在我和阿浩身上，一切好像都變得不協調。我和他彼此太熟識了，所以相對的，似乎也把關於「愛情」這方面的感情徹底隔絕了。

「這巷子底好像有一家手工藝品店，去問看看吧！」阿浩指著前方的巷子，拍拍我的肩，要我跟著他往前走去。

9

「還好老闆娘人很好，只收一點點工錢就願意幫我修理。」

「是啊！可以放下心中的大石了。」阿浩夾了一塊鐵板牛肉放進嘴裡。

「嗯，所以這一頓我請客。」我揚起眉，開心地指著阿浩的鐵板牛肉飯。

「這麼大方？」

「當然，對阿浩，我什麼都可以大方。」我笑了笑，說出我的肺腑之言。

「謝謝妳，我要把這句話記下來，告訴紫庭。」阿浩溫柔地笑了。

「哈哈！紫庭一定會吃醋到大聲嚷嚷的。」

「她就愛亂開玩笑啊！」

「對了，阿浩，以你是男生的觀點來看，選了剛剛那種顏色的拉鍊，會不會和鉛筆袋不搭啊？」突然想到心裡掛記的事，我決定再問問方才早已問了不下三次的問題。

手工藝品店的老闆娘拿了很多種不同顏色的拉鍊樣本給我們挑選，但就是選不到顏色一模一樣的拉鍊，所以後來我決定憑直覺，選一個搭配起來還滿順眼的顏色。

雖然阿浩和老闆娘都一致覺得淡黃色的拉鍊配上淡藍色的筆袋很好看、很特別，而且我也很喜歡，但心裡就是有一點點不安，擔心方允評不滿意或是覺得不好看，畢竟他才是這個鉛筆袋的主人。

「是我的話，我會喜歡。」

「眞的嗎？」我盯著阿浩，他總是能給我很大的鼓勵。

「嗯，眞的，我相信方允評應該也會喜歡的。」

我皺了皺鼻子，「但願囉。」

「明天拿回鉛筆袋就要還他了嗎？」

「應該是這樣沒錯，可是……」

「嗯？」

「稍微有一點擔心，如果我還他的時候，他完全忘了這回事，好像會有點尷尬。」

「應該不會的，就算他對妳沒有印象，或者他沒想過會再拿回鉛筆袋，但看到自己從前的東西，應該不至於完全沒印象吧！」

「眞的嗎？我也這樣想，但就是有一點擔心……」

「孩子，妳擔心得太多了，快吃吧！」

「嗯！」我抿抿嘴，滿腹心事地繼續吃著眼前的美食。

10

第二天下課，我收拾好課桌椅上的文具與課本，準備去手工藝品店取回鉛筆袋。

「小嘻，還是我約會結束後順便去幫妳拿就好？這樣妳就不用特地跑一趟了。」玉瑄熱心地問我。

「沒關係啦！反正時間也還早，我想順便去書局逛逛，謝謝妳。」

「我看，逛書店是小事，迫不及待要確認一下老闆娘的手藝和搭配的感覺才是重點吧？」

「玉瑄好了解我喔！」我難爲情地笑了笑。

「好啦！那一起走出去吧！」

「好。」我站起身，捧著兩本原文書，和玉瑄一起走出教室。

「對了，我已經買到校園歌唱爭霸的票囉！連同妳的。」

「啊？」

「別再『啊』了，反正妳這次一定要陪我去看就對了。」

我吐了一口氣，「好啦。」

「別這麼不情願啦！這次是擴大舉辦，和附近另外兩所大學聯合做活動，絕對是一場世紀大競爭，值回票價。」

「是喔……」

「而且我聽在學治會的朋友說，今年還會邀請兩位資深音樂人來當評審，規模很浩大。」玉瑄認眞又期待地看著我，「所以一定要參加喔！」

「好。」看玉瑄這麼熱情，我決定答應她的邀約。

「哈哈！我親愛的已經在門口等我了。」隔著一段距離，玉瑄開心地朝校門口的方向揮著手。

「祝妳約會愉快。」我也禮貌地往校門方向揮了揮手，「快去吧！」

「好的，那妳自己小心喔！」

「嗯，拜拜！」

往前跑了幾步，玉瑄突然停下來轉身看我，「小嘻！我今天會外宿唷！」

「外宿？」

「嗯，要和他們班的朋友一起去夜唱，通宵的。」玉瑄俏皮地眨了眨她的右眼。

「好的，那妳也小心！」

和玉瑄說了再見之後，我一個人慢慢散步，往手工藝品店走去，心裡暗自希望在老闆娘的巧手與獨特眼光的製作下，可以賦予鉛筆袋不同的生命。

當我帶著滿滿的期待與一些些緊張的心情走到那條巷子口時，突然聽見有人喊了我的名字。

「這麼巧，妳是來吃晚餐的嗎？」

我轉身看著眼前的人，是方允評！

「喔，對啊！呃……也不算，我是……」我皺著眉，覺得不能讓他知道我是要來拿那個鉛筆袋的，於是我又改了口，「對，我是來吃晚餐的。」

他微微揚起了眉，從他疑惑又露出淡淡微笑的表情看來，他一定覺得我此刻蠢到不行，「那我請妳吃。」

「喔！不用啦！」

「看到那張借據了吧？」他用手指在半空中畫了一個小小的正方形。

「有。」

「我本來就說過要請妳吃頓飯的。」

「這……」因爲不知該怎麼拒絕，我緊張得習慣性地握住拳頭，拇指在食指和中指之間摩擦，思考該怎麼說服他打消念頭。

「還是妳眞的很不願意跟我一起吃飯？是我太強人所難了嗎？」他誠懇地問我，

「其實，我眞的是因爲那天把妳的飯糰吃光，想好好道個歉，如果這種行爲太像個怪叔叔或是……」

「沒有。」我急急地反駁。在反駁的同時，我發現自己似乎很不希望他誤會什麼。

「所以？」

「那我們要吃什麼？」我問他。

「妳等一下有事嗎？」

「沒有什麼重要的事。」我偷偷瞥了巷子裡那間手工藝品店的招牌燈。

「那我帶妳去吃一家簡餐店。」

我不好意思地揮揮手，「這附近隨便吃吃就好了，像是便當店、鐵板飯、羹麵都可以啊。」

「沒關係，那家簡餐店好吃又便宜，下次妳也可以帶妳朋友去吃。」

「眞的嗎？」我皺皺眉，心裡有點不好意思，但又不知道怎麼拒絕。

「是啊！」他聳聳肩，「不過離這裡有一小段路，大約十五分鐘的車程，就騎車過去吧。」

「騎車……」我又不自覺地握住了拳，心裡盤算：這樣吃飽飯回來後，手工藝品店可能就打烊了。

「妳別擔心，我眞的不是壞人。不過，爲了讓妳安心，妳能不能先把手機借我？」

他在我面前張開了大大的手掌，掌心向上。

「爲什麼？」嘴裡雖然拋出疑問，我的手卻不自覺從外套口袋裡拿出手機，只差沒有直接放在他的手上。

「可以幫我按到通話選單嗎？」

眞是的，眞不知道是我中了邪，還是他天生有那種使人服從的領袖魅力，我還眞的乖乖按下解鎖鍵，打開通話紀錄的選單。

謝小嘻，妳還眞是莫名其妙呀！

他接過手機，「最近通話的是玉瑄……第二個通話的是阿浩……」

我納悶地看著他自言自語。

「好了。」他帶著淡淡的微笑，將手機放回我的手上。

「怎麼了？」

「傳了簡訊給妳的朋友，讓他們知道妳和觀光系四年級的方允評去市區某家簡餐店吃飯。」他溫柔地笑著，「這樣妳應該可以比較安心了吧。」

我驚訝地看著他，過了一會兒，總算聽懂他的用意，我笑了出來，「謝謝你。」

「不客氣，我只是怕嚇到妳了。」

被他這麼一說，我的臉突然有點熱熱的，爲了自己以小人之心度君子之腹而難爲情。

「那我們現在就出發嗎？我的車子就在附近。」

「嗯……」我點點頭，又回頭看了那家手工藝品店一眼。

「怎麼了嗎？」

「我想去那間店拿個東西。」我指著。

「手工藝品店嗎？」

我點點頭，「你可以在這等我一下嗎？」

「我陪妳過去吧。」他改變方向，拍拍我的肩，準備往巷子裡走去。

「喂！」我著急地大聲喊住他。

「怎麼了？」

「你在這裡等我就好，我拿個東西就出來了。」

「喔。」他先是愣了一秒，尷尬地點點頭，然後笑了。「那我在這裡等妳。」

「嗯，等我一下。」我快步地往巷子裡走，很慶幸他沒有堅持要和我一起到店裡去，但心裡也因爲剛剛拒絕得太不自然而莫名地懊惱。

可是，如果他和我一起到店裡，他就會看見那個鉛筆袋，而我……根本還沒有做好還給他鉛筆袋的心理準備，到時候一定又會陷入討厭的窘境。

唉……他一定覺得我是個很討人厭的女孩吧！

「好吃嗎？」

看著坐在我面對的方允評，我點點頭，「是很眞材實料的義大利麵。」

「嗯，好吃又平價。」他舀起一湯匙的焗烤飯吃進嘴裡。

「其實我可以自己付錢。」

「爲什麼？」

我抿抿嘴，「我不習慣被請客，而且又是爲了這種奇怪的理由。何況，我們似乎還稱不上是朋友。」

他搖搖頭，露出很好看的笑容，「因爲稱不上是朋友嗎？」

「對呀！」

「那這樣好了，」他一樣笑著，「謝筠嘻同學。」

「嗯？」

「我是觀光系四年級的方允評，也是吉他社的社長，平常很有耐心、很有毅力，爲了追求自己的夢想，會勇敢向前邁進。大部分的時候，我的忍耐力還不錯，呃，我是指對『飢餓』這件事情的忍耐力。但是偶爾……」

放下叉子，我疑惑地看著他，等他繼續說下去。

「偶爾，會因爲肚子太餓或是血糖太低，容易被好吃的食物吸引，像是手工飯糰之類的東西。」

「噗！」他原本認眞地自我介紹，沒想到後來會突然說出玩笑話，害得我不由得笑了出來。

「雖然是本著『還債』的初衷請妳吃飯，但是現在我由衷地想成爲妳的朋友……」他伸出手，「希望妳願意當我是朋友。」

我還是笑了，伸出手和他握了握。

「這樣可以讓我請客了吧？朋友之間的請客，妳應該可以接受吧？」

「好啦！」我抿抿嘴，再次拿起叉子。方允評也準備繼續吃他的焗烤飯。

「對了，妳還沒自我介紹呢！」

「我讀企管系二年級，來自南部，其他的……」我想了想，「好像乏善可陳。」

「幹麼這麼謙虛？」

「我是認眞的。」我將視線從義大利麵移到他臉上，盡可能地表現出誠懇的樣子，以避免他誤會我是謙虛或是故意在隱瞞什麼。

「是喔？」

「對啊。」我苦笑了一下，想快點轉移話題，所以立刻拋了個問句，「你剛剛說追求夢想，你的夢想是什麼？」

「成為一個能夠用歌聲、用自己的歌來感動人的歌手吧。」

一個能夠用歌聲、用自己的歌來感動人的歌手……

這樣的夢想並不簡單吧？

是不是像他這樣看起來很不簡單的人，才能夠擁有懷抱夢想的權利呢？

像我這種平凡人，連做夢都是奢侈的事了，何況要構築出這麼棒的夢想。

方允評突然換上認眞的表情，我發現，此刻我自己好像微微被震撼，突然想起玉瑄和阿浩說過他曾經得到校內歌唱比賽冠軍。

「好厲害的夢想。」我笑了笑，發現內心的小小震撼還在。明明覺得應該要多給一點回應，卻只能擠出這短短的六個字。

「是不是很好笑？」

「喔，不是的，我是由衷覺得很厲害。」

「那妳呢？」

「我？」我睜大了眼睛。

「對啊！妳的夢想。」

我呼了一口氣，「坦白說，我沒有什麼特別的夢想。」

「眞的假的？」

「眞的。」我斬釘截鐵。

「像是想成爲一位老師啊……畢業後出國旅行啊……或是……」

「都沒有。」我打斷了他的話。

「嗯？」

「哈！我朋友也常常告訴我『人因夢想而偉大』，看來我確實應該朝這個方向邁進才行。」爲了結束這個話題，也爲了避免繼續和這個稱不上熟識的朋友討論我不感興趣的事，我刻意做出結論，並且暗自希望能成功地結束這段討論。

事實上，我眞的對於「追求夢想」這種事毫無興趣。

從小，我看著媽媽一心想開間早餐店，讓莘莘學子或外食族能享用健康衛生又營養的早餐，卻因爲開在對面的連鎖早餐店削價競爭，最後在經濟考量下收了店。也看著大我七歲的哥哥爲了成爲「科技新貴」的夢想而努力奮鬥，然而現在的他，看起來充其量只是個「上班打卡制，下班責任制」的科技上班機器而已。由於這些事，使我漸漸覺得「夢想」不是平凡如我的人有資格談的。

或許就像玉瑄說的，我的想法有點偏激，她還認眞告訴我，雖然有些夢想很遙遠，但並不是每個夢想都必須這麼遙不可及。

玉瑄說的道理我都懂，我也知道每次她提醒我要懷抱夢想，生活才會更有意義時，都是爲了我好，更相信夢想對很多人來說很重要，並由衷欽佩完成自己的夢想的人，爲他們感到開心。但我仍舊覺得「完成夢想」這四個字，無論如何就是不會出現在我謝小嘻身上。

小時候，我曾和班上許多小朋友一樣，長大後想當老師，偏偏我推甄上現在就讀的這所私立大學，連教育大學的邊都沾不上。我想和隔壁鄰居家的孩子一樣學鋼琴，最後也因爲家中經濟的關係，只能放棄這樣的念頭。

也許有很多的原因，造就了現在的我，我並不覺得這樣有什麼不好，可以早點認清事實也不錯啊。

能夠早點看清事實，或許就能夠減少跌跌撞撞的機會。

「妳在想什麼？」

「沒有啊！」

「在想『人因夢想而偉大』這句話嗎？」方允評放下餐具，我這才發現他已經吃完他的焗烤飯了。

「嗯，也覺得你的夢想好厲害喔。」

「是嗎？其實一點也不厲害，我只是聽從我內心深處的聲音而已。」

我看著他，點了點頭。

內心深處的那個聲音？就像我內心深處的那個聲音，都告訴我千萬別相信所謂「夢想」這樣嗎？

看著方允評清澈又莫名堅定的眼神，我突然有一絲絲羨慕，羨慕他的堅持，以及追求夢想的勇氣。

眞奇怪，平常聽阿浩、紫庭或是玉瑄提到夢想的時候，我要不是靜靜地聽，就是開玩笑地反駁，怎麼樣也不感到羨慕，但爲什麼方允評的眼神卻讓我有這些感觸呢？

羨慕？我竟然……羨慕起方允評追求夢想的勇氣？

「快吃吧！一直和妳說話，害妳的義大利麵都涼了。」他打斷了我的思緒，在我不解自己怎麼有那些想法時。

「沒關係啦！」

「沒關係，妳先吃，等會兒的甜點也很好吃喔！」

「眞的？」

他伸出大拇指，嘴角得意地微微揚起，「等一下妳吃吃看，就知道我有沒有騙人了。」

我看著他，這才發現，他深邃的眼睛眞的很好看。

12

「我在這裡下車吧。」我請方允評把機車停在女生宿舍大門口。

「謝謝你特地送我回來。」下車後，我對他說。

「這沒什麼，妳早點休息。」

「謝謝你，還有今天的晚餐。」我笑著說：「你也住宿嗎？要回去了？」

「我住校外，等一下還想去社窩一趟。」

「還要去社窩喔？」我看了一下手錶，「已經九點多了……」

「這個時間，對吉他社的人來說還算早呢！」

我有點驚訝，但還是稍微掩飾了一下，至於爲什麼要掩飾，我也說不出個所以然。

「嗯，因爲大家都是志同道合的朋友，都喜歡彈吉他、喜歡音樂，常常待到三更半夜。」方允評微微地笑著說，「妳呢？」

「我？」

「妳有沒有參加社團？」

我尷尬地搖了搖頭。

「從來沒有想過要參加嗎？」

「呃，上大學後沒有。」

「這樣啊……」他點點頭，像是在思考什麼似地，而且好像還想說什麼，結果又什麼也沒說。

停頓了幾秒，看他沒有開口，於是我說：「高中時，有一陣子加入過攝影社，不過後來就退出了。」

「所以妳對攝影有興趣囉？」

「當時是吧。」我呵呵地笑著，「而且當時，社團裡有個男生總愛取笑我拍的照片，害我當時衝動地向他誇口……」

看我突然停下，方允評好奇地挑高了眉問：「說什麼？」

我的手輕輕握拳，懊惱自己幹麼沒事說這麼多。可是想不出其他話題帶過，我只好繼續往下說：「誇口說未來我一定會成爲讓他崇拜的攝影大名家。」

方允評哈哈地笑了兩聲，這是我第一次看見他這麼爽朗的笑容，「後來呢？」

「沒有後來，後來我就退出攝影社了。」我聳聳肩。

「爲什麼？」

「也許是發現他的技巧愈來愈好，我應該腳底抹油趕緊逃跑才對。」

方允評又哈哈地笑了。

「有這麼好笑嗎？」我納悶地皺了皺眉。

「是滿好笑的。」

「但你有必要笑得這麼誇張嗎？」

「因爲這是妳這整個晚上下來說的第一句玩笑話。」

他帶著淡淡的笑意，「幸好聽見妳說這些，不然我可能會偷偷懷疑自己是不是真的這麼惹妳討厭。」

「對不起，我的個性就是這麼不隨和，也不擅長和陌生……不太熟的人相處。」

我微微嘆了一口氣，這是我一直想改善，卻一直無法做好的性格缺陷。

有一句話說「性格決定悲劇」，很多時候，這句話都會像一道亮著紅燈的警訊般不斷提醒我。

「所以，我們現在算是朋友了吧？」

「當然，從晚餐時那一次友誼的握手禮開始就是了啊。」我打了一個呵欠，「時間差不多了，我進去囉！」

「嗯，很高興認識妳。」

「我也是。」

「不過在妳進去之前，我有件事情想問妳。」

「問我什麼？」

「現在呢？妳對攝影還有興趣嗎？」

「偶爾會欣賞一些攝影大師的作品，不過我倒是很久沒有碰相機了。」

「爲什麼？」

我呼了一大口氣，「很自然地就沒有繼續玩了。」

「那麼，成爲讓人崇拜的攝影大師這個夢想呢？」

「隨著我的逃跑，也畫上句點了。」我用手指畫了個小小的圓。

「喔？」

「我目前只有一台數位相機，不可能成爲什麼攝影大師了啦。」

「是嗎？」

我聳聳肩，「是的。」

我堅定地看著他，發現在他相信夢想的眼神裡，好像因爲我的堅定，閃過一絲微妙的情緒。

13

我走到寢室門口，從包包裡找出鑰匙，鑰匙還沒將插進鑰匙孔，悅耳的手機鈴聲正好從外套口袋裡響起。

我一邊轉開寢室的門，一邊手忙腳亂地拿出手機，按下接聽，「喂？」

「小嘻，是我啦！」電話那頭傳來的是玉瑄的聲音。

我直覺地把手機拿到眼前，看了螢幕一眼，「玉瑄，妳幹麼用奇怪的電話號碼打來啊？」

「我忘了帶行動電源出門啦！手機已經沒電了，這是阿豪的電話。」

「原來如此。」我拔出鑰匙孔上的一串鑰匙，走進寢室，將門關上，「那怎麼辦啊？妳今天不是不回來嗎？」

「對啊！唱完歌應該會到阿豪住的地方去，到時候再用他的充電器充電。」

「嗯。」

「所以不用擔心我了。」

「好，不過妳自己還是小心一點喔！」我把包包放在書桌前的椅子上，躺在我位於下鋪的床上。

「好！放心啦，我都跟阿豪在一起啊。對了，鉛筆袋呢？還滿意嗎？」

「滿漂亮的，只是不知道他喜不喜歡就是了。」

「打算什麼時候拿給他？」

我思考了幾秒，「最近再找機會吧！剛剛很巧，我才走到手工藝品店的巷子口就被方允評叫住了。」

「所以妳遇見方允評？等我，等一下喔！」玉瑄的尾音高高地揚起，背景吵雜的聲音也變小了些，「天哪！這眞是逼得我忍不住走到比較安靜的地方來，我好想馬上問清楚。妳說妳遇到他，然後呢？」

「當時我超緊張的，他還要陪我去手工藝品店，我眞的緊張死了。」

「有什麼好緊張的？直接在老闆娘面前相見歡就好啦！多浪漫。」

「不要啦。」我嘆了一口氣，「這樣好奇怪。總之，當時我眞的很想趕快支開他，可是他又說要一起吃飯，我怕吃完飯店就打烊了。」

「什麼？」玉瑄的聲音更高了些，「所以你們共進浪漫晚餐了？」

「就是他在借據上寫的，他會請我吃一頓。」

「也太有趣了吧！」

「有趣嗎？」我抿抿嘴，「雖然現在回想起來，發現和他一起吃飯聊天也滿輕鬆的，可是當時就是不自在。我猜他一定覺得我難相處又難搞，妳也知道，我不怎麼擅長和不熟悉的人相處啊。」

「所以，我才覺得妳跟他一起去吃飯這件事真的很讓我跌破眼鏡。」電話裡，玉瑄的聲音誇張地高八度。

「因爲他一直很堅持，我眞的拒絕不了。」

「是這樣嗎？」

「他說他不想欠人什麼。」

「這我能理解啊！我質疑的是妳，謝小嘻。」

「質疑我什麼？」

「剛剛說過了，妳竟然跟他單獨去吃飯。」玉瑄停頓了幾秒，「之前我直屬學長邀妳吃飯，妳還想盡各種理由拒絕了人家，甚至拿阿浩當擋箭牌。學長和妳認識的程度，與方允評和妳的交情相比，唉呀……總之就是太令我驚訝了。」

「喔……」我點點頭，思考了一下，發現玉瑄的疑惑似乎也是我的疑惑。

「該不會他眞的是妳命中注定的王子吧！」

「怎麼可能！」聽了玉瑄的話，我急急地反駁，激動地坐起身，然後有一種耳根子發熱的感覺。

「怎麼不可能，這種事情很難說啦！」

「就是不可能。」

「好啦！反正有空再說，我先掛電話囉！」

「嗯，」明明知道對方看不見，我還是習慣性地點了點頭，「對了！」

「怎麼了？」

「應該是因爲妳手機沒電的關係，才沒有收到訊息吧。」

我沒頭沒尾的一句話，玉瑄聽得一頭霧水，「什麼簡訊？」

「當時方允評說要去市區一家簡餐店吃飯，而我一直拒絕，同時我在思考該怎麼去拿鉛筆袋才不會被他發現，大概是我面有難色，他以爲我在害怕他另有目的，當他是怪叔叔才防著他，所以他就用我的手機，傳了簡訊給妳和阿浩。」一口氣講了一連串的話，我稍微停頓一下，「簡訊的內容是通知你們，說明我和誰去吃飯。總之……就是讓人放心的簡訊。」

「哇塞！方允評眞的很酷耶！再說，要是眞的有這麼帥的怪叔叔請我吃飯，我一定二話不說跟過去。」

「玉瑄，妳這樣講，不怕阿豪吃醋喔！」

「哈哈！不會啦！不過，我一定要告訴妳這個與世無爭的女孩兒一些事。」

「我與世無爭？妳要告訴我什麼？」

「妳知道方允評有很多粉絲嗎？」

「想也知道應該不少吧！」我點點頭，其實不用想也大概猜得出他那張臉一定吸引了不少女孩子。

這基本的審美觀，我還是有的。

「孩子，他的粉絲數量不是用『不少』，應該是用『眾多』來形容的。」

「是嗎？」不知怎麼地，我突然想起他那張帥帥的臉，「他是長得不錯，但帥的人那麼多，總不會全天下的女生都只喜歡他那種型的男生吧？而且，假使他真的像妳說的這麼有名，我怎麼從沒聽過這號人物？」

玉瑄直接了當地打斷了我的話。「所以我才說妳與世無爭。」

我被說得啞口無言。

「總之他就是有那種魅力。」

我想了想，玉瑄說方允評有魅力這一點，我並不否認，不過關於「眾多粉絲」這部分，坦白說我實在有點懷疑。

「等妳看完他在歌唱比賽上的表現，妳就會知道了。」

「是這樣嗎？」

我笑著，雖然心中還是滿滿的懷疑，倒也沒有再反駁玉瑄。

這是眞實的人生，又不是偶像劇，況且我們只是普通的大學生而已，哪來的「眾多粉絲」這種事。

14

和玉瑄講完電話，我又躺回床上。我盯著上舖的床板，思考著玉瑄的話。

是呀！眞的很奇怪，通常對於臨時的邀約，又不是熟朋友的話，我都會想盡各種理由回絕，或請玉瑄幫忙想想藉口，甚至拿阿浩當擋箭牌，好讓我得以順利婉拒。

經玉瑄這麼一說，倒是點醒了我，爲什麼我一開始覺得不該這樣讓方允評請客，最後還是跟他一起去吃了晚餐呢？

是因爲他是鉛筆袋的主人，所以對我來說，他就是有那麼一點點與眾不同？還是他堅持不想欠人情，極力說要請客回報的誠懇讓我不忍心拒絕？或者在我的潛意識裡，隱約想確定他究竟記不記得一年多前的我？

好多好多問號不斷在我腦海中浮現。玉瑄說方允評有很多粉絲，我也不禁懷疑，難道因爲他就是有這種吸引人的特質，才連我也不經意地被他抓住目光。

想到他爽朗的笑容，以及他在簡餐店時突然站起來和我握手說要交朋友的畫面，我突然噗哧地笑了出來。

想東想西，胡思亂想了半小時左右，我突然想起至今鉛筆袋還躺在我的包包裡。我坐起身，從包包裡拿出鉛筆袋，再走到書桌前，將放在抽屜置物籃的文具和筆小心地放回鉛筆袋裡。

該什麼時候物歸原主呢？

我盯著換上新拉鍊的鉛筆袋，好像呈現了和原先不同的感覺。靜靜看著它發呆，最後不知道哪裡來的衝動，我拿出手機，撥打了方允評的電話。

只是，電話那頭的來電答鈴唱了一小段歌曲，他都沒有接聽，最後還轉進了語音信箱，剩下制式化的女聲，用標準的國語提醒我留言。

因爲失望，正想要放下手機時，手機響了起來。

是阿浩的來電鈴聲。

「喂？阿浩。」

「小嘻，回宿舍了嗎？」

正納悶阿浩怎麼這樣問，才突然想起方允評的那封簡訊，「回來一下子了。」

「剛剛和球隊去吃飯，順便買了薑汁豆花，我在女生宿舍門口等妳。」

「薑汁豆花呀……」其實肚子好撐，但爲了不讓阿浩失望，我還是開心地說：「好啊，等我一下。」

「等一下！妳五分鐘後再下來吧！」阿浩停頓幾秒，「有點起風，別忘了多穿件外套。」

我發自內心地笑了，「好的，謝謝你。」

心暖暖的。

眞奇怪，明明是一個簡單的小叮嚀，卻讓人感到如此溫暖。

15

「阿浩沒買自己的豆花喔？」下樓，發現阿浩只帶了一碗豆花來。

「剛剛和球隊的人去吃過了，所以才順便帶一碗給妳。」

「嗯。」我點點頭，「謝謝。」

「不客氣，那個鉛筆袋好看嗎？」阿浩帶著微笑認眞地問我。

「滿好看的。眞是的，忘了帶下來給你看。」

「好看就好。」

「你怎麼知道我去拿了？」

「練完球之後，在聚餐前，我先繞過去手工藝品店了。」阿浩抿了抿嘴，「但老闆娘說昨天和我一起來的女孩已經來過了。」

「原來如此，一開始好擔心顏色不搭，可是看久了眞的滿漂亮的耶。」

「那晚上有沒有順便拿給方允評？」

「沒有耶。」

「爲什麼？」

「因爲裡面的筆和文具，我都放在宿舍，沒有帶出去。」我放下湯匙，「而且我也沒想過會在巷子口遇見方允評啊！」

「所以他還不知道鉛筆袋的事情囉？」

「是啊！」我思考了一下，「剛剛回到宿舍後，有點衝動想直接告訴他，可是他沒有接手機。」

「會有機會的。」阿浩溫柔地看著我，「總之盡快物歸原主吧！」

「我也希望囉！」我喝了一口薑湯。

「那……」

我看著阿浩看向前方的側臉，隱約從他眼神裡看到一絲猶豫，「什麼？」

阿浩換上一個微笑的表情，朝我笑了笑，「今天的晚餐還開心嗎？」

「還不錯啦，阿浩，你最了解我了，所以，我的緊張你一定也能想像，」我嘆了一口氣，「實在拒絕不了，就這樣呆呆地和他一起去了簡餐店。一開始我眞的很緊張，也不知道該說什麼、該提什麼話題才好。」

「後來呢？」

「後來好像漸漸就好一些了，和他的相處也比較自在了。」我看著阿浩，「不然我肯定會消化不良。」

「嗯……」

連舀了兩匙豆花放進嘴裡，我覺得好滿足。可是發現阿浩好像還想說什麼，卻突然停住了話。偷偷看了坐在我身旁的阿浩一眼，他似乎在思考著什麼，或者是……擔心著什麼。

很少在阿浩臉上看見這樣的表情。不論是在我或是在紫庭面前。大部分的時候，阿浩都扮演著大哥的角色，提供我們很多意見，給予我們很多鼓勵。

我放下湯匙，微微放低了捧在手上的碗，「阿浩？」

「怎麼了？吃不完嗎？」阿浩體貼地問。

「不是。」我抿抿嘴，斟酌著該怎麼表達，「你遇到什麼不開心的事情嗎？」

「啊？」阿浩先是停頓了一下，然後帶著笑容說：「沒有啊！今天練球練太久了，有點累。」

「那你快回去休息，豆花我帶上去吃好了。」

「不用，吃完吧！」

「好吧。」說完，我加快速度吃著，好讓疲倦的阿浩早一點回住處休息。

也難怪，今天的課很多，阿浩一下課又必須趕去練球，難怪會覺得疲倦。

謝小嘻，妳真的很不體貼耶！住校外的阿浩特地帶豆花過來給妳，妳竟然這麼白目地吃起來，怎麼不直接向阿浩說聲謝謝就趕快提上樓吃呢？還硬是讓阿浩在這裡陪著。

「慢慢吃吧！沒關係的。」

「可是……」

「眞的沒關係。」

「太好吃了，所以停不下來嘛……」我笑著，不忘立刻再舀一匙。

我們陷入了短暫的沉默，我靜靜吃著豆花，阿浩則像在思考什麼一樣沒有說話，直到我吃掉最後一口豆花，喝完了所有的湯。

「吃完了。」我呼了一口氣，「好滿足唷！」

我蓋上碗蓋，小心地提著塑膠袋，然後站起身，「我要上樓囉！謝謝你的豆花，你回家的路上要小心安全唷！」

「會的，早點休息。」

「你也是。」抬頭看著比我高出一個頭的阿浩，「別又打電動打得太晚！」

「我回去囉！」阿浩拿起放在一旁的背包背上，「小嘻……」

「嗯？」

「不要隨便被別人追走喔！」

愣了一下，我以爲聽錯了什麼，疑惑地想從阿浩的表情中確認。抬頭，竟看見他的表情異常認眞，「阿浩？」

他哈哈地笑了兩聲，「怕妳一下子就嫁出去，謝媽媽還沒準備好嫁妝啊！」

「阿浩！你真的很誇張耶！」我故意揮拳往他手臂揍了一下，「你才是要趕快找到女朋友，向王爸爸有個交代吧！」

和阿浩說了再見，我提著塑膠袋走上樓。我慢慢地走在往三樓寢室的樓梯，心裡有種怪怪的感覺。

儘管阿浩最後還是恢復了以往爽朗的笑容，像往常一樣以玩笑的方式作了結束，但阿浩說「不要隨便被人追走」的認真表情和語氣深深印在我的腦海裡。我告訴自己這一切也許只是錯覺，然而心裡最深處似乎總有個不容忽視的聲音告訴我，這應該不是玩笑話，阿浩是另有所指。

為了讓阿浩放心，加上實在不喜歡和阿浩之間留下這種令人窒息的感覺，於是我停在樓梯間，從外套口袋裡拿出手機，按下了阿浩的電話。

「阿浩！到停車場了嗎？」

「嗯，正要牽車。」

「阿浩，我問你，你剛剛那句話是認真的對不對？」

「什麼話？」我猜阿浩是在裝傻，他不可能不知道我在說什麼。

「不要隨便被追走那句。」

電話那頭的阿浩沒有說話，但我隱約聽見他吐氣的聲音。

「我不會隨便被追走的，不過爲什麼你要這樣提醒我呢？」

「沒什麼，只是突然想到的一句玩笑話而已。」

嚥了一口口水，我苦笑了一下，「我覺得你對我說謊了。」

雖然有點遲疑、有點猶豫該不該說出口，但我還是選擇直說，和阿浩之間，我希望是沒有祕密的。

因爲世界上任何一種感情，都容不下太多的隱瞞。

「是眞的，別想太多。」

我停頓幾秒，心跳好像因爲緊張而愈來愈快，最後還是決定開口，「是不是擔心我喜歡上方允評？」

「小嘻……」

「你擔心平凡的我喜歡上愛慕者很多的方允評，最後只能躲在角落偷偷傷心流眼淚，對不對？」

阿浩又沉沉地嘆了一口氣。

因爲電話那頭的沉默，於是我又問了一次，「是嗎？阿浩？」

「哈！」阿浩又停頓了幾秒，「我在想什麼，妳都知道呢！」

我笑了笑，很開心阿浩回答了我的問題，「那當然囉！我是阿浩的青梅竹馬耶！」

「什麼事都瞞不了妳。」阿浩哈哈地笑了兩聲。

「那當然。」我得意地說。

「好啦！我騎車回去囉！不過，掛電話之前，我想告訴妳，我是擔心妳喜歡上方允評沒錯，」阿浩咳了咳，「可是謝筠嘻一點也不平凡，是個很特別的女孩喔！」

「謝謝你的鼓勵，還好打了這通電話，把話說開，心裡就不必懸著了。」

掛了電話，因爲和阿浩把剛剛的困惑說清楚了，心裡十分愉快，踩著階梯，不管是心情或是腳步，都因此輕快了許多。

16

接下來的日子有點忙，不但忙著準備期中考，還被大大小小的報告纏得分身乏術，連著好幾天和玉瑄一起熬夜，都快變成夜貓子了。更可怕的是，今天早上照鏡子時，我發現鏡子裡的我黑眼圈好像愈來愈深、愈來愈明顯了。

所以儘管心中仍惦記著鉛筆袋的事，也因爲忙碌，沒有多餘的時間好好計畫什麼時候要將東西還給方允評。

明明歸還鉛筆袋就只是一個簡單的動作，對我來說卻是相當慎重的儀式。

坐在書桌前，我盯著桌上厚到不行的原文書，被書裡密密麻麻的英文字成功地催眠。

「玉瑄，我想休息一下。」我打了個大大的呵欠。

「妳確定嗎？」玉瑄好心提醒我，因爲她已經見識過幾次，每當我一說要休息，爬上床，就直接睡到隔天早上。

「可是我眞的好疲倦喔……」

「現在才九點半而已，不然，妳去洗把臉再回來繼續努力。」每次熬夜讀書，玉瑄的精神都特別好，不像我，念不到幾頁就昏昏欲睡。

「好吧！」我站起身，用雙手拍拍臉，希望讓自己清醒一些。正想順便做點簡單的運動，手機響了。

我才拿起手機，玉瑄就先出聲，「我猜是阿浩。」

「這不是阿浩的鈴聲。」我看看手機螢幕的來電，因為看見顯示「方允評」，我瞬間愣了幾秒。

「誰啊？」

「方允評耶……」我望了玉瑄一眼，用眼神表示我的驚訝。

「接呀！」玉瑄挑高了眉看著我，還放下手中的筆。

我心跳的速度突然加快了一點點，「喂？」

「我是方允評，小……呃，我可以叫妳小嘻吧？」

「喔，可以啊！」我吞了一口口水，「撥電話給我有什麼事嗎？」

眼前，玉瑄誇張地揮著手，還用誇張的嘴型告訴我，「不要這麼冷漠。」

電話那頭，方允評沉沉地咳了兩聲，「沒什麼重要的事情，只是想問妳在不在宿舍，有東西想拿給妳。」

「我在宿舍沒錯。」我不知道該回應什麼，抬頭又看見玉瑄無聲說著「熱情一點」的嘴型。

「我現在在校門口，大約五分鐘後到女宿門口，那妳先不要下樓，我到了會撥打妳的手機，到時妳再下樓來。」

「好。」我瞄了一眼書桌上的鬧鐘，確認時間。

「拜拜，待會兒見。」

一掛掉電話，玉瑄就立刻問我，「哇！方允評約妳見面喔？」

我點點頭。和他才講幾句話，就因爲太緊張，心跳得飛快，「對呀！」

玉瑄點點頭，好奇地問我，「方允評找妳做什麼啊？」

我聳聳肩，「說有東西要拿給我。玉瑄，我有點緊張耶。」

「我陪妳下去？」玉瑄這樣提議，下一秒又改變主意，「不要好了，妳自己去。」

「爲什麼？」

「搞不好他要約妳去看夜景什麼的，所以妳自己下去吧。」

「玉瑄！」我爲難地看著玉瑄，希望她能改變心意。

「妳自己去啦！等妳好消息。」玉瑄揮揮手。

玉瑄臉上的表情很堅定，看起來眞的不打算陪我了。於是我吸了一口氣，再慢慢地吐出來，「好啦！」

「加油。」玉瑄轉身讀書前，還不忘說了這樣一句話。

17

「嗨！」我才走出宿舍大門，就聽見方允評爽朗的聲音。

「嗨！」相對於他的爽朗，我打招呼的語氣顯得沒精神了些，「你剛剛不是還在校門口，怎麼這麼快就到這裡了？」

「對呀！掛電話後，我才覺得不該這麼早打給妳的，我猜妳一定會因爲怕讓我等就急著下來。」

因爲他準確的猜測，我笑了笑，「有什麼事嗎？」

「這給妳。」

我疑惑地看著他提著的牛皮紙提袋，「這是？」

「幫家族學弟妹準備 all pass 補品的時候，順便幫妳準備了一份。」

我驚訝地看著他，愣了幾秒，才接過他手中的提袋，「謝謝你。」

「別客氣，希望妳會喜歡。」

我看著我大學生涯中第一份由學長送的「all pass 補品」，心裡突然有一種很特別的感受，既感動又受寵若驚。

「all pass 補品」是我們學校的傳統，每到期中考和期末考週，直屬的學長學姊就會送學弟妹一些零食、餅乾、飲品等東西當作補品，作爲考試過關的祝福。

「只是一些簡單的零食而已。」

「但對我來說不只如此，」我笑了笑，「這是我第一次收到學長送的補品喔！」

「因爲妳的直屬是學姊，所以只收過學姊送的？」他也笑著問我。

「不是。」我搖搖頭，露出賣關子的笑容，不過隨即覺得自己很好笑，沒事幹麼賣起關子。於是我又立刻開口，「我的補品通常是我室友和我青梅竹馬好朋友準備給我的，我進大學不到兩個月，和我只見過兩次面的直屬學長就休學了，從此注定了我孤苦無依的大學生涯。」

「有這麼誇張嗎？」

「哈哈，所以眞的很謝謝你。」

「對了，還有一件事。」

我點點頭，表示自己在聽。

「這次的校內歌唱比賽，妳想來看看嗎？」他從棒球外套的口袋裡取出兩張票，

「每位參賽者都有五張免費的票，可以送給自己的加油團。另外三張我讓給社團的人了，剩下兩張票給妳。」

「這……」

「順便幫我加油一下吧。」

「我的室友已經幫我買票了。」我笑了笑，「或者你可以問問其他朋友……」

「這兩張票是前排的座位，特別給專屬加油團坐的，妳拿去吧！跟妳室友說。」

「喔……謝謝你。」我盡量維持鎮定的笑容。因為他的好意，內心不禁有點感激。

「上樓繼續念書吧！明天有考試科目嗎？」

「兩科必修。」我嘆了一口氣，「其實接到你的電話之前，我差點就陣亡了。」

「妳還好吧？」

「我室友要我堅持一下，去洗把臉走動走動。我正在做簡單的體操時，就接到你的電話了。」

「那現在還想睡嗎？」

「已經清醒多了，接到……」我止住差點說出「接到你來電緊張死了，哪還會想睡」這句話，立刻用傻笑帶過。

「雖然現在清醒多了，不過爲了再補充一下體力，走！」他拉起我的手臂，帶著我往前走。

「去哪裡？」

「去便利商店買杯熱咖啡。」

18

坐在便利商店裡頭的餐桌前，我和方允評面對面坐著，他堅持不讓我從補品提袋裡拿出餅乾來吃，執意買了兩個奶黃包，一人一個。

「小心燙喔！」他輕輕撥開奶黃包，冒出微微的白煙。

「好香，」我小心地咬一小口，「沒想到奶黃包配咖啡也別有一番風味嘛。」

「吃點東西再喝咖啡，比較不會胃痛。」

「對了，等一下要回去之前，我還要向你借錢買一杯咖啡，下次還你。」

「我請客。」

「不行，就像你堅持還我一頓晚餐一樣，這次我也要堅持。」我認眞地看著他，

「不然以後我就不跟你一起吃飯或喝咖啡了。」

他哈哈地笑了兩聲，一樣十分爽朗，「所以，如果我今天不執意請妳，以後妳就會和我一起吃飯或是喝咖啡囉？」

我瞇起了眼看他，故意避開他的話題，靜靜喝了一口熱騰騰的咖啡。

「是嗎？」

「是啦。」我假裝嘆了一口氣，故意表現得很誇張。

「我覺得妳很有趣。」

我皺了皺眉，看見他笑的表情，我腦海中竟浮現了搞笑藝人的表演，「有趣？」

「妳每次和我相處時，一開始好像都很緊張，想趕快擺脫我，可是很快就能夠很自然地說話。」

我聳聳肩，「我就是這樣，不夠大方。」

「嗯哼……」

「所以我媽媽才常說我應該學著大方一點，像紫庭那樣開朗、樂觀，」方允評臉上閃過一絲疑惑，我立刻補充說明，「紫庭是我從小到大的玩伴。」

「妳們的感情很好吧？」

「是啊！」我嘟了嘟嘴，「可惜她現在在台北念大學，我們就不能像以前一樣常常膩在一起了，除非約好週末都回家，不然見面的次數眞的很少。」

「其實台中和台北說遠也不遠，有時候她可以來找妳，妳也可以去找她。」

我點點頭，「我也這麼想，不過我只去找過她兩次。」

「不然，下次我回台北時，妳可以和我一起去。」

沒料到他會有這樣的提議，我一聽，差點被剛喝下的咖啡嗆到。

「搞不好還可以介紹一些好吃的東西給妳！」

我咳了咳，「聽起來滿不錯的耶！」

「我是很認眞地邀請唷！」

「謝謝。」我停頓了幾秒，「那不介意我再邀請另一個從小到大的玩伴吧？他也是我系上的同學。」

「這麼巧？」

「就是一種奇妙的緣分啊！」不知道哪裡來的得意感，我突然笑了出來，一股腦兒地把阿浩和我的緣分以及一些經歷過的難忘事情大致講了一次。

「聽起來，這位阿浩也是妳很好的朋友。」

「他幫了我很多忙，紫庭常說他是我們幾個玩伴的守護天使。明明年紀相同，但因爲他的想法比我們都來得成熟，所以從以前到現在，他一直都像個大哥哥一樣照顧我們。」話說了一半，我突然想起阿浩臉上總帶著鼓勵的溫暖笑容，「很多時候，我都很依賴他。」

方允評專注地聽著我說話，禮貌地點了點頭，表示了解。

「在我遇到不開心的事情時，也都幸虧有他鼓勵，從小到大都是如此。」我笑了笑，因爲聊起阿浩而想起了一些回憶。

想起他總是像自己的哥哥一般照顧我。

想起他總會在月考結束後，安慰考試成績不好而不開心的我。

想起我因爲沒有考上師範體系的大學而大哭時，他安慰我、爲我打氣的笑容。

想起很多一起經歷過的歡笑與淚水。

「妳眞的很幸福，有這樣的好朋友。」

「是呀！我也這麼覺得。」

「我還以爲他會是妳的男朋友。」

「以爲？」

「喔。」方允評尷尬地笑了笑，「我的意思是說，剛剛聽妳這麼講，我以為他是妳男朋友。」

「呵！不是啦！」

他回了我一個露出淺淺酒渦的笑，看了手錶一眼，「時間差不多了，妳明天還有考試不是嗎？」

我也看了看手錶，發現已經和他聊了將近三十分鐘，「差點忘了！我真的聊得太開心了。」

「哈！我也很喜歡和妳聊天，可是，在考試前夕這樣打擾妳，萬一害妳被當，這罪名我可擔不起。」

「被當？」我誇張地看著他，然後皺了皺眉，「不要隨便詛咒我啦！我謝小嘻可不想被當。」

「哈哈！」他爽朗地笑了兩聲，「好，我說錯話了，應該說要是害妳少拿幾分，我是會過意不去的。」

我滿意地點點頭，站起身，「這還差不多。」

「走吧！」他也跟著站起來，朝我微微一笑，和我一同走出便利商店，慢慢地往女生宿舍前進。

「祝妳考試順利。」

「謝謝，有這一袋 all pass 補品，肯定沒問題。」說完，我突然想到，「你不用考試嗎？」

「期中考只有一科，是下個星期一的事，其他科目都交報告。」

「真棒。」

「交報告有時候很麻煩。」

我想了想，好像真的是這樣沒錯，「也對啦！不過我有六科要考試，真的很恐怖耶。」

「考試加油吧，我會幫妳祈禱的。」他笑笑，「考完試之後，開心地來參加校園歌唱比賽，幫我加油，助陣一下。」

我看著他，沒料到他會這樣說，「對了，我聽說你還滿多粉絲的，又是去年的冠軍，怎麼會需要我這個小蝦米的掌聲呢？」

「小蝦米的掌聲？」話才說完，他就誇張地笑了好幾秒。

「有這麼好笑嗎？」

「虧妳想得出來。」他揮揮手，但沒有停止笑。

「我不知道笑點在哪裡。」我看著他，覺得莫名其妙。

「我只是想到一隻正在拍手鼓掌的小蝦米罷了。」

我皺著眉頭瞪他，「然後小蝦米頭上還正好寫著『謝小嘻』三個字嗎？」

他看著我，眼睛彎彎的，然後出乎我意料地伸手拍了拍我的頭，「是的，小蝦米謝小嘻。」

19

「哇塞！這整袋的零食都好讓人驚喜。」玉瑄好奇地檢視方允評送我的補品，忍不住驚呼。

「他說他準備學弟妹的補品時，順便準備了我的。」

「也太貼心了！」玉瑄好奇地翻了翻紙袋裡的東西，從紙袋裡拿出一盒紅糖薑母茶包，「上面貼了便利貼，還寫說萬一『那幾天』不舒服的話，可以喝這個耶！」

我把方允評貼在紙盒上面的便利貼接了過來，也覺得不可思議地看了一眼，「他眞的這樣寫耶……」

我看著便利貼上的字，心裡有一種暖暖的感覺，也隱隱約約地浮出了另一種奇妙的感受。

至於這是怎樣的奇妙感受，本來想和玉瑄分享，又不知從何說起，所以只好暫時放在心裡了。

「天啊！他也太貼心了吧！」

我抿嘴笑了笑，「我也覺得。這讓我有點驚訝。」

玉瑄又從我手上拿過那盒薑母茶，像在看考題一般認眞地再仔細看了一次，「他眞的對妳很好耶！」

「嗯，不過他也說啦！」我想了一下，「是幫學弟妹準備才順便準備了一份給我，所以不是只對我這麼好的。」

「可是說不定只有妳收到了這個便利貼。」

「怎麼可能。」我哼了一聲，突然想到方允評笑著的表情。

「那可不一定。」

「對了！」把手伸進外套口袋時，我摸到那兩張門票，才想起了這件事，「方允評給我兩張票，要我們去幫他加油。」

玉瑄又「哇塞」叫了一聲，接過我手中的票，「加油團的座位耶！」

「他說給我兩張，要我們順便去幫他加油，壯壯聲勢。」

「他眞的這麼說？」

我點點頭，「是啊。可能是怕加油團的人數太少吧！」

「怎麼可能！」玉瑄不認同地皺著鼻子，「方允評的加油團人數太少？這根本是天方夜譚。」

「不然他幹麼沒事給我兩張票？」我也不甘示弱地回應，「不就是需要有人幫他加油嗎？」

「才不是！」玉瑄伸出食指，左右擺動著，然後瞇起了眼，「這有兩種可能，一種呢，他眞心把妳當成好朋友，另一種呢……」

「嗯？」

「他在追妳。」

我瞪大了眼，覺得不可思議地看著玉瑄，「怎麼可能是在追我？」

「信不信由妳。」

「我不信。」

「他千里迢迢拿零食給妳，還爲妳保留了兩張專屬加油團的票，從這些行爲來看，八九不離十。」

我呼了一口氣，「我還是覺得不可能。我想，他平常就是一個這麼溫柔體貼的人，對誰都一樣好的。」

「那是妳這麼想，那我問妳，阿浩溫柔體貼嗎？」

雖然不知道爲什麼玉瑄突然提起阿浩，不過我還是點點頭回應玉瑄。

「妳看吧！因爲阿浩對妳溫柔體貼，所以妳覺得他是這樣的人，但阿浩對別人可就沒有這麼溫柔了吧？」

我想了想，不太認同，「他本來就很溫柔，他對妳也很好呀！」

「他很溫柔體貼沒錯，但就是對妳特別好啊！」

「哪有！」我小聲地反駁玉瑄。儘管一開始想都沒想地反駁了她的話，下一秒我卻好像有種心虛的感覺。

阿浩的個性本來就溫柔體貼，對人都很好，只是因爲青梅竹馬以及同樣來自單親家庭，又特別聊得來的關係，他對我，也和我對他一樣特別。然而，此刻面對這樣的問題，我察覺到玉瑄意有所指，因此我選擇防衛，心虛地反駁了。

「明明就有。」玉瑄瞇起眼看我，「反正，我覺得方允評一定是在追妳。」

我疑惑地朝玉瑄皺了皺鼻子。

「再不然，他至少也是對妳特別有好感。」

「是嗎……」我吐了一口氣，想到方允評的臉，還是覺得難以置信，「我這麼不起眼，可是，他就像妳說的一樣，這麼出色。」

「所以呢？」

「像他這麼出色的人，怎麼會對我……」我修飾了一下自己的用詞，「對我有好感。」

「愛情這種事也是很難說的，感覺來了就是來了嘛。」玉瑄撕開咖啡杯蓋上封口的膠帶，喝了一口咖啡。

「我覺得還是別想太多，搞不好他根本沒有這樣的意思，只是單純因爲飯糰事件心有愧疚。我才不會自作多情。」

「也對，但我的預感通常很準。」

我看著玉瑄，笑了一下，「我準確的預感也告訴我，如果我現在不繼續多念一點書，明天肯定死得很慘。」

「哈！」

「不聊了，我應該要好好背一下考古題。」

「好呀！對了！差點忘了問妳……」

「忘了問什麼？」

「鉛筆袋的事呢？和他說了嗎？」

「啊！沒有。」

「那讀書之前，就先跟他約個時間吧！」

「可是……」我皺了皺眉，其實有點猶豫，不夠大方的毛病又開始作祟。

玉瑄倒是乾脆地攤開手，「手機拿來，看妳要自己打電話，還是我幫妳傳簡訊或傳話都可以。」

「好啦！」我拿起手機，深深地吸了一大口氣。

握著手機，簡訊打了幾行字又刪掉，刪掉又打了幾行，最後玉瑄實在看不下去，終於說服了我，我才決定乾脆直接撥電話給方允評。

打了兩通，他都沒有接聽電話，直到我決定暫時不理會他，好好來準備考試時，突然有人來電。

「小嘻，睡了嗎？」是阿浩的聲音，我原本以爲是方允評回電。

「還沒。」我嚥了一口口水，看了一下手機螢幕，「你怎麼沒有用你的手機呀？」

「手機沒電了，剛剛練完球，和隊友一起來吃消夜。妳和玉瑄想不想吃雞排還是什麼？我幫妳們買過去。」

「我剛剛吃過東西了，你等一下……」我拿下電話，問問玉瑄，玉瑄用嘴型把她的答案告訴我，「你在學校附近嗎？」

「對，就在學校對面的街上。」

「那就幫玉瑄買一塊雞排吧！」

「好。我還要告訴妳校園歌唱比賽的事。」

「校園歌唱比賽的什麼事？」

「等一下再說吧！」

「嗯……」我看了看手錶，「五分鐘後我下樓等你。」

「喂，不用，我到了再打電話給妳。」

「有人的手機不是沒電嗎？」

「我會用宿舍前的公共電話打。」

「喔，好。」

「謝小嘻，不准妳先下樓等喔。」

「好啦！」我按了結束通話，儘管已經習慣阿浩的體貼叮嚀，心裡還是因爲他的體貼與關心而暖暖的。

20

在我走出宿舍大門之前，就看見阿浩站在門口。我小跑步地走向他，喊了他的名字。

「妳竟然沒穿外套。」一看見我，阿浩的第一句話就這麼出乎意料，然後他拉著我的手走進宿舍大門，往交誼廳的沙發區走去。

「下來一下下而已，而且又不會很冷。」

「感冒通常就是這樣發生的。」

我皺皺鼻頭，覺得阿浩有點誇張，「幹麼緊張兮兮的。」

「感冒了妳就知道。」他將雞排遞給我，「我多買了一份，假使妳眞的不想吃，再給我吃就好。妳眞的不吃嗎？」

我搖搖頭，「剛剛跟方允評去買咖啡時吃了一顆奶黃包，還好飽唷！」

「方允評？」阿浩揚起了眉，用驚訝的表情問我。

「嗯！」

「他找妳幹麼？」

「他準備了一袋零食給我，說是幫學弟妹準備的時候，順便準備了我的一份。」

阿浩點了點頭，像在思考什麼般地停頓了幾秒。

雖然沒有太明顯的證據，可是我總覺得，最近阿浩的臉上好像常常出現這種欲言又止的表情。

「怎麼啦？」

「沒有啊！」

我瞇起了眼，細看著臉上既沒有笑容，也沒有什麼表情的阿浩，大叫了一聲，「阿浩！」

「啊？」

我踮起腳尖，對著阿浩好像有點怪怪的表情，然後懷疑地指著他，「你可不要又和玉瑄說一樣的話囉！」

「玉瑄說什麼？」

「她就亂猜啊，說什麼方允評一定是在追我。」我哼了一聲，「這根本就不可能，有什麼好亂猜的。」

「嗯……」

「你說對不對？」

阿浩苦笑了一下，然後聳聳肩，「我又不是方允評肚子裡的蛔蟲，我怎麼知道。」

「用膝蓋想也知道不可能呀！」我又哼了一聲，「就算他不像你們說的有那麼多粉絲，也不可否認他這傢伙長得不錯。這麼亮眼又出色的人，選擇一定很多，怎麼可能追我這種不起眼的女生嘛？想也知道。」

阿浩沒有說話，只是抿了抿嘴。

我嘆一口氣，「阿浩，你怎麼不說話？」

他拍拍我的頭，「沒有啊！只是覺得妳也別妄自菲薄，要有自信一點。」

「才不是沒自信，這是了解自己。」

「不管他是不是要追妳，或只是單純地對妳好，我覺得都不是重點。」

我疑惑地歪著頭，「那重點是什麼？」

「重點是妳應該要對自己有信心。」阿浩溫柔地笑了笑，「其實謝小嘻是很棒的女生喔！」

我假裝往阿浩的右肩揍了一拳，「今天阿浩贏了三對三？還是吃了蜜糖啊？」

「我只是實話實說。」

「最好是啦！」

「對了，你不是要跟我說校園歌唱比賽的事，不過，在你說之前，我先說好了。我和玉瑄之前本來已經買了兩張校園歌唱比賽的門票，你記得吧？」看阿浩點點頭，我才繼續說：「但剛剛方允評另外給了我兩張加油團位置的票耶！你的票買了嗎？」

阿浩明顯地躊躇了一下，欲言又止的表情不但再次出現，而且又更明顯了些，停頓幾秒之後才開口，「是喔……」

阿浩猶豫時，我看見他的手原本伸進了運動外套口袋，好像要拿出什麼東西，突然又從口袋裡抽出手來。「怎麼了？」

「沒有啊！」

「那你剛剛說要說的是什麼事？」

「我要說的是，妳的青梅竹馬阿浩我呢……」

「怎麼樣？」我睜大了眼睛。

「也報名了這次的歌唱比賽。」

「眞的假的？」因爲太驚訝，拋出問句時，連我都覺得自己的音調高得不像話。

「眞的。」

「哇塞！我等一下一定要告訴玉瑄這個天大的消息。」我笑了笑，這件事對我來說眞是莫名的驚喜，「你怎麼會突然報名啊？」

阿浩聳聳肩，「我們班班代阿名不是學生會的成員嗎？」

「對呀！」

「好像有一位參賽者突然不能參加，爲了不更動節目流程，就問我要不要去。」

「你也太好說話了吧？不過也好厲害。」我由衷地佩服阿浩，換成是我，就算歌聲再好，我也不敢臨時答應這種要站上台唱歌的差事。

「義氣相挺啊。」阿浩握著拳，搥了搥自己的胸口。

「眞的好棒，反正你也滿會唱歌的，一定可以拿到好成績。」

「志在參加，不在得獎啦！」阿浩挑挑眉，「不過，小嘻要去看比賽的話，我覺得我應該要稍微認真一點。」

「免得丟同鄉的臉，對嗎？」

「賓果！」

「就知道你要說這個。」我忍不住竊笑，沒有掩飾自己的得意。

「好啦！快把雞排拿上去給玉瑄吧！我該回去念書了，妳也加油。」

「嗯。」我微笑地點點頭，微微舉高了手中的雞排提袋，「謝謝你。」

「快去吧！可別太早陣亡唷！」

「加油！」我揮揮手，準備轉身往樓梯口前進時，卻聽見原本也準備轉身走向大門的阿浩叫住了我。

「小嘻。」

「啊？」

「妳會幫我加油嗎？」

「當然啊！」我吃驚地問，抬起頭看到阿浩眼神裡似乎有什麼情緒，對於他的問題，我有點不敢相信，「不管怎樣，我都一定會幫你加油的。」

「像看球賽時那樣嗎？」阿浩笑了兩聲，剛才眼底的那種奇怪的情緒煙消雲散了。

「那還用說！」雖然對於阿浩提出這個問題的動機感到疑惑，但我還是堅定地回答了他。

我怎麼可能不幫你加油呢？你是王之浩，是我最重要的朋友耶！

21

回到宿舍，將雞排護送到玉瑄的手中後，我就立刻坐在書桌前，想繼續認眞地背一下考古題，然後再把課堂上教授特別提醒過的幾個重點複習一下。盯著厚厚的原文書，思緒卻怎麼樣也無法沉靜下來，沒有特別在想什麼，但就是無法專心讀書。

這種狀況持續了大約二十分鐘，最後我決定先去洗個熱水澡。沒想到洗完澡後，我再度坐回書桌前，卻一樣無法專心。

我趴在桌上，閉著眼睛想休息一下，原本好像有點疲倦的，一趴下，精神反倒突然變得特別好。我睜開眼睛，盯著放在書桌前架子上的那個牛皮紙袋，想起方允評將零食遞給我的時候臉上的笑容。

不容否認，不管是拿到零食的當下，或是想起這個片段的現在，心裡都有一種暖暖的感覺。

在這同時，玉瑄說的話也在我腦海中迴盪。

早先聽到玉瑄說方允評有可能在追我，我並沒有特別的感覺，唯一想到念頭的就是「不可能」，所以直覺地反駁了玉瑄的話，但是現在，一想到他對我的好，我心裡竟然不自覺開心起來。

難道，我的潛意識裡眞的有那麼一點點希望方允評對我有好感嗎？

我皺皺眉，因爲這種摸不清楚自己想法的感覺而煩悶，於是我閉上眼睛，卻在這時候，想起和玉瑄聊天時，講到方允評留了一張便利貼的貼心，當下我內心浮上了一些異樣感受。

好像……有點明白這樣的感覺了。

難道因爲他不是特地爲我準備東西而有些失落嗎？難道因爲想到他對別人也一樣體貼而吃味？

難道，我這樣的感受，是所謂的「吃醋」嗎？

謝小嘻，妳到底在幹麼？到底是怎麼回事呀妳？人家方允評只不過是「順便準備」

了一份零食給妳，妳到底在胡思亂想什麼？妳又有什麼資格覺得自己不想和別人一樣，有什麼資格可以……可以吃醋呀！

瞬間覺得自己的想法與心思實在太無聊，我抓了抓頭，還嘆了一口長長的氣。

玉瑄剛洗完澡回來，一邊用毛巾擦著頭髮一邊走到我旁邊。

「怎麼啦？讀不下去喔？」

「嗯，就覺得……」正想和玉瑄討論這樣的心情時，我的手機鈴聲響了起來。

「方允評嗎？」玉瑄睜大了眼睛問。

我拿起手機，看了一下手機螢幕上顯示的名字，「對。」

「那就快接呀！告訴他鉛筆袋的事情。」

我看了看玉瑄，再看著手機，發現自己被莫名其妙的猶豫包圍著，無法乾脆地按下接聽鍵，只是呆呆地看著手機，直到手機鈴聲響完一輪，又開始響了第二輪。

玉瑄看不過去，拿走我的手機，直接幫我按下接聽，然後放在我手上。

「快接吧！」

我將手機貼近耳朵，嚥了嚥口水，「喂？」

「還在念書嗎？」

我猶豫了一下，「嗯，對啊！」

「剛剛響了很久，我還以為妳陣亡了。」

「沒有，怎麼了嗎？」

電話那頭傳來「哈哈」的笑聲，「我覺得這句話應該是我問妳才對，不好意思，妳來電的時候我應該在騎車，現在才發現有未接電話。」

「對耶！」我忍不住噗哧笑出來，「是我打給你的。」

「所以，找我有事嗎？」

「我……」我看向玉瑄，她已經坐回自己的座位的，我微微皺了眉，拋出求救的眼神，但玉瑄給我的回應則是指示我「快告訴他」。

「嗯？」

「是這樣的，我有個東西要拿給你。」深呼了一口氣，我把主旨一次說完。

「什麼東西？」

「一個……一直都想拿給你的，呃，歷史悠久的東西。」

「喔？」

「或者，明天我可以跟你約個時間碰面，你有空嗎？你明天上課到幾點？」因爲緊張，我的左手不自覺緊握了起來。

「好呀！我只有明天早上有課，所以下午都會待在社窩，妳大概考到幾點？我可以去找妳。」

「呃……」我看了一眼放在一旁的桌曆，「原則上是到四點半左右，不過也許會延誤。不然我大約五點左右打電話給你？」

「好，等妳電話。」

「那沒事了。」我嚥了一口口水，「拜拜。」

「喂，小嘻！」

原本已經要按掉結束通話的我，因為隱約聽見話筒再次傳來他的聲音，我又將手機貼近耳朵，「你還有話要說嗎？」

「哈哈！有，我覺得很好奇，妳要拿什麼東西給我，可以先透露嗎？」

「不行耶！」我也笑了，「明天你就知道啦！」

「所以現在是賣關子的意思囉？」

「是呀！就是賣關子。」因為勾起了他的好奇心，心中不禁有一點得意，所以也自然而然地開起玩笑，「所以呢！你今天晚上就準備被好奇心殺死吧！」

「哈哈！」他又笑了，「如果我今天眞的睡不著，失眠了，我一定會打電話給妳，擾妳清夢的。」

「我拒接。」我輕哼了一聲。

「那我就衝到妳宿舍樓下，大喊妳的名字。」

「你可別害我變成名人啊！」

「不想出名的話，妳可以考慮先告訴我答案。」

「我不想被你的瘋狂粉絲打死。」

「我哪有什麼瘋狂粉絲，好啦！雖然我很想繼續和妳聊天，但妳現在應該再多讀一下書才對，剛剛耽誤妳太久了。」

「嗯。」我習慣性地點了點頭。

「明天見。」

和他說再見的時候，我不自覺地笑了出來。此外，也因爲與他的輕鬆交談，而淡淡地開心著。

人們是不是會因爲愈來愈在乎某個人，所以更容易因爲任何一點小小的互動而暗自開心著？

22

考完最後一堂課，全班同學都交了考卷。助教離開教室那一刻，教室裡立刻呈現一種哀鴻遍野的氣氛。

這次的考題的確很難，五題申論題，我眞正有把握的只有兩題，而且昨天讀的考古題竟然完全沒出現。

「唉！」玉瑄坐在我隔壁座位上，搶在我之前嘆了一聲長長的氣。

我轉身看玉瑄，「好難喔！」

「是啊！看來之後上課要再認眞一點，而且絕對不能蹺課，期末考也要更努力讀書了。」

「對呀！」我無精打采地將課桌上的文具收進鉛筆盒裡，「期末考再考不好，這科就肯定會被當了。」

「妳們兩個眞的很有趣耶！」阿浩坐在我後面，他也和我們修同一堂課，這時他冒出聲，「成績都還沒公布，就在那邊一搭一唱的。」

「這是末雨綢繆。」我挪動身子瞪著阿浩，嘟著嘴反駁，「希望教授可以法外開恩。」

「如果大家都考得不好，教授一定會公布補救措施的，別擔心！」

「阿浩，那你寫得怎樣？」玉瑄也轉過身，很有興趣地詢問阿浩。

「還好囉！就把平常上課教的概念寫上去，能寫的就都寫了。」

「玉瑄，妳問阿浩又不能證明什麼，阿浩可是品學兼優的好學生耶！」

阿浩拍拍我的頭，「是天資聰穎、能動能靜的優質男大生。」

我吐了吐舌頭，無奈地重複，「好啦！天資聰穎、能動能靜的優質男大生！」

「哈！這還差不多。」說完，阿浩又輕拍了一下我的頭。

「各位同學！」同樣修了這堂課，和阿浩同班的隔壁班班代阿名突然站在台前，原本鬧哄哄的教室瞬間安靜下來。

「不好意思，耽誤大家一點時間。」阿名在台上笑咪咪地說著，「不知道同學買校園歌唱比賽的入場券了嗎？」

台下幾位同學很給面子地回答了阿名。「很好，這一屆的歌唱比賽，我們系籃主將王之浩受我之託，也會參賽喔！」

他的話引起了同學的掌聲，還有幾位同學尖叫起來。

「所以請大家一定要踴躍參加，幫阿浩加油。」

阿浩用他爽朗的聲音笑了笑，然後站起來，先是看了台上的阿名一眼，接著向教室裡的大家說話，「我覺得我眞是交錯朋友了。」

這句話引來了哄堂大笑。

「這次的比賽，評審當中可是有知名的音樂人耶！要是你因此出名，到時可別忘了我這個經紀人！」

「想太多了！我感受到的，只是被好朋友活生生推出去送死而已。」阿浩聳聳肩，教室裡的大家再次因爲這段對話哄堂大笑。

「好啦！總之請同學們把握機會快點買票，爲我們系上的王之浩加油囉，謝謝大家。」

阿名說完下台後，立刻走到阿浩的座位前，和阿浩說明一些活動報到的細節。教室又恢復了原先的吵鬧，大家討論的話題隱隱約約傳到我耳裡，此刻同學們似乎不再擔心考試成績，反而開始對歌唱比賽期待了起來。

從小到大，甚至到上了大學，都不免有些女孩會託我轉交情書給阿浩。我當然知道阿浩長得帥，個性又好，又是運動健將，肯定會吸引很多女孩的目光。但是現在，我看著教室裡這一切，才眞正感受到，不論在同性朋友之間的人緣或是異性緣，阿浩都是個相當受歡迎的男孩。

而我身爲他的青梅竹馬，也因爲這個發現而十分與有榮焉。

「小嘻也會來看阿浩比賽吧？小嘻？」

「小嘻！阿名在跟妳說話耶！」玉瑄拍拍我的肩，然後指了指阿名。

「啊？」我尷尬地苦笑一下，「抱歉……」

「我們家小嘻別的不會，最擅長的就是發呆。」阿浩又輕輕拍了我的頭笑著說，絲毫不理會我飛過去的白眼。

「誰說的！」我哼了聲，然後快速地轉換表情。我看向阿名，「阿名，你剛剛問我什麼？」

「我是問妳會不會來看阿浩比賽。」

我點點頭，笑著說：「當然啊！我的同鄉耶！」

「喂，阿浩，你拿給小嘻了沒？」

阿浩沒有回答阿名，反而立刻站起來，用拳頭輕輕搥了阿名的肩膀，好像還給了阿名一個奇怪的眼神。

我覺得氣氛有點不對勁，拋出了疑惑，「拿什麼給我？」

「喔……沒什麼啦！」阿名打哈哈地說，但臉上的表情不太自然，使我更疑惑了。

我覺得我肯定不會從阿名那裡得到答案，於是我也站起身，抬頭看著阿浩，「阿浩，你要給我什麼？」

「沒什麼啦！」

「眞的嗎？」我瞇起了眼。

「唉，算了……就知道瞞不過妳，是一個報名歌唱比賽就可以收到的小紀念品，本來想要給妳的，可惜練球的時候不小心碰壞了。」

「是嗎？」我將視線從阿浩臉上移到阿名的臉上，再次確認。

「不信妳問玉瑄。」

順著阿浩手指著的方向，我將目光停在玉瑄臉上，玉瑄像沒料到會被扯進話題似的，先是驚訝了一下，然後聳聳肩，「對呀！之前阿浩本來要先託我帶回宿舍給妳的，可是我那天正好要去約會。唉，這樣想想，如果我當時就答應先幫他拿給妳，也許就不會撞壞了。」

「眞的是這樣嗎？」我揚起眉，雖然我向來不是個多疑的人，但此刻的第六感卻告訴我，眼前這三個人的反應實在有一點古怪。

「當然是眞的。」阿浩嘆一口氣，「都怪阿名這個小氣鬼，無論如何都不肯再送我一個。」

「學生會的經費本來就很有限呀。」

「沒有騙我？」我懷疑地看著他們。

「當然沒有。」

「那我就暫且相信你們吧。」我輕哼了聲，無法百分之百相信，但此刻我也說不出明顯的不對勁。

23

雖然始終覺得阿浩、玉瑄還有阿名好像一起瞞著我什麼，可是我實在想不透他們能瞞我什麼，又有什麼事需要瞞我，所以我告訴自己，這一切應該是因爲我前一天晚上睡眠不足，加上考試不理想，精神恍惚，才特別容易胡思亂想。

再說，憑著我和阿浩這麼多年的感情，還有和玉瑄無話不談的友情，如果眞是什麼重要的事情，他們也不可能不告訴我。

謝小嘻，妳今天是怎麼回事啊？疑心病很重耶！

走在校園內往宿舍方向的紅磚人行道上，我抓抓頭，在心裡罵自己不該想這麼多無聊的事情。決定不再鑽牛角尖時，我突然想起躺在我包包裡的鉛筆袋。

於是，我這才想到我和方允評有約。

原本想拿出手機撥個電話給他，但我此刻的位置離社團大樓不遠，印象中，之前他說過在社窩時手機沒有訊號，我決定直接往社團大樓去，給他一個驚喜。

我走進社團大樓，看了一下大樓平面圖標示，確定吉他社社窩的所在位置在二樓之後，我就慢慢往樓梯的方向走去，抱著碰碰運氣的心態，拿出手機，試著撥打方允評的電話。

不過，事實正如我所預料到的——沒有訊號，直接轉進了語音信箱。

我繼續踏上階梯。才走到樓梯間的平台，就聽見從樓上傳來對話聲。其實說話的音量並不大，但也許因爲樓梯口空間會產生迴音的關係，我反而聽得很清楚。

而且，在這同時，我認出了其中男生的聲音就是方允評。我覺得尷尬，又往下走了幾步，心想，等他們結束了話題再假裝什麼也沒聽到地走上樓。

才剛做了這樣的決定，不小心聽進耳裡的一句話，就讓我開始後悔爲什麼不乾脆離開，爲什麼決定要留在這裡。

更糟糕的是，我原本聽了第一句話就想離開，卻因爲好奇心的牽引，腳底像塗上了超強力三秒膠一般無法移動。

「學長……」女孩的聲音細細柔柔的，「我眞的喜歡你很久了，從第一次向你告白的那天起，到現在還是很喜歡你。」

「妳知道我的意思，而且當時拒絕妳的時候，我記得我也肯定地告訴妳，我們可以當朋友，可以當志同道合喜歡唱歌的搭擋，但妳眞的不是我喜歡的女孩類型。」

「爲什麼就是不能試試看？」

「這樣只會讓妳更辛苦而已。」

「學長，那我只要默默喜歡你就好，我不會妨礙你，只要讓我默默地喜歡……」

「妳是個好女孩，」方允評打斷了女孩的話，「但是只要妳沒有下定決心把目光從我身上移開，妳就不會看見更棒、更適合妳的男孩。」

「我不要看見更棒、更適合我的男孩，我只想這樣默默喜歡你，希望未來的哪一天，你會看見我。」

「琍晴。」方允評的聲音停頓了幾秒，感覺像是嘆了一口長長的氣，「剛剛說過，當時拒絕妳，我已經把話都說清楚了。」

「學長……」女孩的聲音有點哽咽。

「加油，妳會遇到更棒的男孩的。」

「學長……」女孩的聲音開始愈來愈哽咽，還吸了吸鼻子，「如果你沒有喜歡的女生，我也不能繼續等你嗎？」

「是的，不管我有沒有喜歡的人，妳都必須堅強地打開妳的心，去看見更適合妳的男孩。」方允評的聲音又停頓了一下，「更何況……」

「更何況什麼？」女孩又吸了吸鼻子。

「抓住我目光的女孩，很早以前就已經出現了。」

「我認識那個女生嗎？」

「那不重要，時間差不多了！該回去了，先去社窩拿妳的吉他吧！」

「學長……」女孩似乎已控制不了自己的情緒，難過得連兩個字都說不清楚。

我站在樓梯轉彎處的平台，緊張得緊緊地握著拳，食指和拇指不自覺摩擦著，心裡不但有一種奇怪的感受，還因爲站在暗處偷聽到這一段對話，緊張得連呼吸都很小心，手腳也微微發冷。我吞了一口口水，發現處在這種安靜空氣中的我，好像也不適合隨便移動發出聲響，只好暗自希望他們趕快離開，回到他們社窩，好解決我此刻的窘境。

不過，方允評說「很早以前就已經出現」，「抓住我目光的女孩」這段話，在這個時候，也像魔咒一般在我腦海中迴盪著。

我深深吸了一口氣，發現心跳頻率快到不像話。

約莫過了幾十秒，我發現已經沒有聽見方允評和那女孩的聲音，我才鬆了一口氣，慶幸自己終於可以提起原本沉重到不行的腳步。

然而，一踏上二樓，映入眼裡的畫面，又讓我陷入了莫名的尷尬中。

我開始後悔爲什麼沒事任意放縱自己的好奇心。

24

「怎麼突然來社窩找我？我還在想妳怎麼沒打電話過來呢！」

「喔。」在長廊看見那個畫面的尷尬還沒有消除，而且深刻烙印在我的腦海，我還不知道該用怎樣的態度面對他。

我拚命地想了幾個話題，希望化解一些尷尬，但當他一開口問我，我又因爲不知該如何回應而覺得困窘。

也許是因爲自己意外聽見了他們的對話，內心罪惡感作祟，也許是因爲在長廊時，看見女孩哭著從他背後抱著他的畫面，也或許是因爲突然闖入了他們的世界，實在是尷尬了，這種奇怪的氣氛，在那個女孩拿了吉他離開社窩之後，仍然在我和方允評之間持續著。

我不知所措，又不自覺地握住了拳，擔心著。

方允評從角落的小冰箱裡拿出一瓶紅茶，還貼心地幫我插上吸管，放在我面前，「給妳喝。」

「謝謝。」因爲無話可說，我立刻拿起紅茶喝了一口。

「怎麼沒有先打電話給我？」坐在長型會議桌前，他在我的對面坐下，眉毛高高地揚起，問我。

「要走回宿舍時才想到和你有約，那時我正好離社團大樓不遠，想到上次你說過社窩收訊不好，就決定直接走過來了。」一連串回答了一些話，我此刻就像個在面對老師質問的學生，只能乖乖回答。

「原來如此。」

我刻意避開他注視著我的眼神，又覺得好像有點不自然，於是又假裝拿起紅茶吸了好幾口。

「妳是不是心情不好？」

「沒有。」我尷尬地笑了一下，「怎麼這樣問？」

「覺得妳的表情有點沉重。」他也用笑容回應了我。

「可能是昨天太晚睡了，精神不太好吧！」

「那考試考得好嗎？」

我搖搖頭，苦笑了一下，「不太好，考了五題申論題，只有兩題有把握。」

「其實這也很難說，不過期末考或是報告要更努力比較保險。」

「嗯。」

「對了，昨晚妳說要給我的東西是什麼？」他好奇地看著我，淡淡的笑容很溫柔。

「是……」我將紅茶放在桌上。原本一心想還鉛筆袋給他，想看見他驚訝表情的期待感好像突然煙消雲散，取而代之的竟然是一種猶豫。

該現在拿出來嗎？

怎麼覺得好像不太適合呢？

但是，如果現在跟他說昨天說的話是在開玩笑，這樣不是很沒有說服力嗎？聽起來就像是藉口。

我的手在桌子底下交握著，那個女孩從後面抱住他的畫面又浮現在我的腦海。我吸了一口氣，發現就連推甄時回答教授的問題也沒這麼緊張。

此刻，我不知道哪根筋不對，看著他溫柔的微笑，竟有一點點酸酸的感覺。因爲，他這樣的笑容，不是只對我笑，我想起來就感到不是滋味。

不過想想，自己又有什麼資格這麼想呢？

謝小嘻，妳究竟怎麼了？

「小嘻？」

「啊？」

「忘了帶嗎？」

「不、不是。」

「那麼？」他仍露出那種很迷人的笑容。

豁出去了！

我拉開包包的拉鍊，心跳得好快，將躺在包包裡的鉛筆袋拿出來，放在我和他之間的桌上，「要給你的是這個。」

「這個……」

「你記得這個鉛筆袋嗎？」

他拿起鉛筆袋，再次笑得溫柔又迷人，「當然記得。」

「那你……記得我嗎？」

他哈哈地笑了兩聲，「妳說呢？」

「不記得了吧！」我淡淡地說，假裝不在乎，但仍舊因爲他對我的毫無印象而有些難過。

唉，此刻的情緒眞奇怪，一開始只是怕他忘了我，現在又摻雜了一些失望的心情。

在車站大廳遇見他時，我覺得他的眼神很熟悉，也沒有馬上認出他來，但至少我還是對他保留著一點點印象。反觀他卻完全忘了當時向他詢問考試地點以及借走了他鉛筆袋的我。

儘管和他漸漸熟稔起來，接觸也漸漸多了，可是他完全沒有把我和當初那個差點找不到考試地點的女孩聯想在一起。

想到這裡，我心裡竟然愈來愈難過，儘管這樣的難過眞的很沒來由，也很沒道理。

不過想想，像他這樣的人，怎麼可能記得只有一面之緣的女孩呢？他這麼受人歡迎，又有這麼多死忠的「粉絲」，怎麼會對我這種醜小鴨有印象？

我嚥了嚥口水，告訴自己應該看開一點，難過與失望的情緒卻還是不停累積。

但我知道必須釋懷。

畢竟，在這個世界上，沒有任何一個人有義務要記得某個陌生人的。

「妳把這個鉛筆袋保存得眞好。」

我回過神來擠出笑容，並且告訴自己別讓方允評發現我的異樣，「是呀！這可是我救命恩人的東西，再說，我也不是忘恩負義的傢伙。」

「所以，有我的鉛筆袋加持，才讓妳推甄順利過關囉？」

我點點頭，沒有否認。

「拉鍊換過了？」

因爲他的提醒，我這才想起忘了解釋更換拉鍊的事，「對，遇見你之後，有一天晚上拿著鉛筆袋發呆，隨手拉了一下拉鏈，結果就被我弄壞了。眞是抱歉，不然，遇到你之前，它真的都完好如初的。」

「我相信，謝謝妳。」

「我覺得顏色看起來還滿搭的，只是不知道你會不會不喜歡……」

「我很喜歡，這個顏色也很好看，真的很謝謝妳。」他笑了笑，然後拉開鉛筆袋的拉鍊，看見裡面的一張小紙條，喃喃自語地唸著，「方允評，你一定沒想到要給你的東西是這個吧？一定也沒想到我就是當年跟你借鉛筆袋的人吧？有沒有嚇一跳呢？」

我看著他，「是不是嚇了一跳？」

「一半一半。」

「啊？」

「嚇一跳的指數，一半一半。」

「什麼意思？」

「我完全沒想到妳會留著這個鉛筆袋，至於是什麼意思嘛……」他呵呵地笑了，

「以後妳就知道了。」

25

不到六點，我和方允評就已經一起吃過了晚餐。他還貼心地堅持要陪我走回宿舍，不過，才剛走進校門口，他就提議到操場旁的草地走走，好幫助消化。

走了一小段路，我覺得有點疲累，走到一旁的白色涼椅前坐下，「為什麼又要請我吃飯？明明說好各付各的。」

「算是……鉛筆袋的保管費。」

「這也是一個理由喔？」

「這不是理由好嗎？不然下次換妳請客。」

「好，沒問題，不可以反悔喔！」我看著他，盡量在眼神裡透露我的堅持以及一點點的威脅。

「一言為定。」言語之外，他用微笑回應了我。

「對了，雖然我不確定是不是這個原因，不過我還是想向妳解釋一下。剛剛的事情，我希望妳不要誤會了。」

「什麼事？」我大概猜得出來他指的是什麼，只是如果一下子就附和了，好像意味著我眞的很在意。於情於理，他和哪個學妹要好或是和誰有什麼特別的關係，其實都與我無關，他甚至沒有必要向我解釋。

「我和那個學妹，不是妳想像的……呃，那種男女朋友的關係。」

「嗯。」我悄悄地微握了拳。

「她只是……」他猶豫了一下，看起來應該是不好意思講出學妹喜歡他之類的話。

「其實，在那之前，你們說的話我都聽見了。對不起，我正好要上樓找你，沒想到在樓梯口就聽見你們的對話，」我搓了搓手，「我承認我不該繼續聽下去，但……眞的很對不起。」

「哈！沒關係的，幸好妳聽見了，不然萬一眞被妳以爲我和學妹是男女朋友就完蛋了。」

「爲什麼完蛋了？」我疑惑地問。

「沒什麼啦！」他聳聳肩，「話說回來，妳還我鉛筆袋，還有換上新拉鍊的這個驚喜，著實很讓我意外。」

我笑了笑，「幸好你喜歡。」

「我是真的覺得不錯。」

「對了，後天的比賽你準備得怎麼樣了？」

「還可以吧！我會以平常心面對。」

「去年的冠軍能以平常心面對？看得這麼淡？」我揚起了眉。

「對我來說，『以平常心面對』這句話不是代表看淡或不在乎，也不代表我不介意名次。」

「怎麼說？」

「說到名次這種事，多多少少會讓人覺得功利了一點，」他認眞地看著我，「但不可否認的是，有很多夢想或是目標，是需要名次肯定的。」

「需要名次肯定……」我思考了一下他所說的話，雖然似懂非懂，但從他清澈的眼神看起來，我相信他絕對不是只追求「名次」這種光環的人。

「記不記得我跟妳說過，唱歌是我的夢想？」

「記得啊。」

「正因爲唱歌是我的夢想，所以我更告訴自己要以平常心面對，才能眞正把歌唱的舞台視爲讓我最自在的地方。」他聳聳肩，「名次不是最重要的，但可以藉此知道自己還距離夢想多遠，知道自己還有多麼不足，還需要多少努力。」

我看著他的側臉，發現他的眼神好認真，相較之下，我老覺得夢想距離我非常遙遠，這種想法似乎有那麼點悲哀。

突然間，我想起好久以前那個心中還懷抱著夢想的謝筠嘻。

我相信，當時的我也有著同樣的眼神吧？

「小嘻……」他又開了口，將我從自己的想像世界中拉回來。

「怎麼了？」

「夢想能讓人變得更有溫度唷！」

轉頭，我驚訝地看著他，突然覺得他像有讀心術一般讀到了我正在想的事，「幹麼突然說這些？」

「我只是想告訴妳，也許妳身邊曾經發生過努力追求夢想，最後卻失敗的例子。」他看向遠方已經落下了三分之二的夕陽，「這些失敗例子的當事人，可能是妳的親人、妳的朋友吧！就算最後追求夢想的期望沒有成功，我也相信，如果時間能夠重來，他們肯定不會後悔自己曾經這麼努力追求過。」

「是這樣嗎？」我避開他看著我的眼神，刻意看向夕陽。

「當然。」他笑了笑，「對了……我想請妳幫我保管一個東西。」

「什麼東西？」我疑惑地看著他。

他抿抿嘴，然後舉起手，將掛在脖子上的十字架金屬項鍊取下，在我面前舉起，示意要我靠近一些。

然後，他微微低下頭靠近我，溫柔地幫我戴上，「幫我保管我的幸運項鍊。」

而此刻的我，還因爲和他太靠近，以及他那具有磁性的嗓音，竟然就像個笨蛋一樣，心跳快得不像話，撲通撲通地，緊張得就快喘不過氣來。他爲我戴好了項鍊之後，我立刻想退開一步和他拉開一些距離，但他的右手仍輕輕地放在我的左肩，讓我無法得逞。

「小嘻……」他輕輕地撥了撥我的髮絲，用一樣溫柔的嗓音說話，「等我拿了冠軍，再向妳拿回這條項鍊。」

除了心跳與呼吸異常，我發現連耳根都熱得不像話。

「所以，妳坐在加油區，要緊握著我的幸運項鍊，認眞幫我加油喔！」

「方、方允評？」一開口，我竟然結結巴巴的。

「可以認眞地幫我加油嗎？」

看著他深邃的眼神，我堅定地說：「我會的。」

然後我笑了。

第一次這麼近距離看著他，我發現他的眼神和五官真的很迷人，而且我根本沒有聽過他唱歌，卻好像已經不自覺和其他女孩一樣，成了他的忠實粉絲。

26

回到宿舍，玉瑄還沒有回來，於是我沒開燈，靜靜躺在下舖的床上，想著今天發生的事情。去社團大樓找方允評，和他在社窩聊天，一起吃了晚餐，再到坐在白色涼椅上聊天的每個片段，都清晰得像錄好的影片般，鉅細靡遺地在我腦海中播放。

每一個片段中，最清晰的就是方允評的表情，以及他的笑容和他認真說話的樣子。我握著脖子上的十字架墜子，想起他很靠近地幫我戴上項鍊的畫面，心跳又因此漏了一拍。

想著想著，我的心臟跳得愈來愈快，撲通撲通的節奏愈來愈強烈。

後來我想閉上眼睛好好休息一下，竟因爲心中喜悅的甜蜜感覺揮之不去，整個思緒反而異常清醒。

不對！喜悅的甜蜜感覺？爲什麼和他的相處使我產生這樣的感覺呢？

坐起身，我將雙腿弓起，下巴靠在膝蓋上，想認眞釐清這一切莫名其妙的情緒，而當我想起那個女孩抱著他的畫面，明知他們不是那種關係，我卻還是不自在、不自然，甚至還有一點吃味的感覺……我想我終於明白了這一切。

畢竟，這種酸酸的心情是這麼明確。

「小嘻，妳在喔？」玉瑄進門之後開了燈，手提了一大袋零食走到書桌前。

「對呀！妳去買零食？」

「明天還有一科魔王大會考，有零食才能激勵我繼續努力。」玉瑄將袋子放在桌上，「妳呢？剛睡醒嗎？吃飯了沒有？」

「和方允評一起吃過了，回來躺著半個多小時了，睡不著耶。」我嘟著嘴，尷尬地笑了笑。

「爲什麼？先前在教室時妳不是還嚷嚷說很累嗎？」

我無奈地點點頭，猶豫不知該怎麼把自己剛剛的發現告訴玉瑄，「的確是很累，可是……」

「嗯？對了，那個鉛筆袋妳拿給方允評了沒？」

我點了點頭，「拿了，他還因此請我吃晚餐當作支付我保管費。」

「哈！是喔！」玉瑄顯然又被我的話燃起了好奇心，她將包包放在一旁，然後坐在床邊，一副想聽故事的模樣，「然後呢？」

我就將把鉛筆袋拿給方允評的經過，一五一十地敘述給玉瑄聽。

「不過，他好像真的對我沒印象了。」

「那有什麼關係，現在有印象就好啦！」玉瑄嘿嘿地曖昧笑著，「不過，他說什麼一半一半，是什麼意思？」

我攤了攤手，「我也不懂，他說以後我就知道了。」

「嗯？」眼尖的玉瑄瞇起了眼，伸手指著我胸前的項鍊，「妳什麼時候有這條項鍊的？」

「這是方允評的幸運項鍊，他要我暫時幫他保管。他說，等他拿了第一名，我再還給他，還要我在加油區幫他加油。」

「哇塞！也太羅曼蒂克了吧！」玉瑄雙手捧著臉，一臉少女情懷的嚮往表情，「這什麼台詞，我要融化了啦！」

「玉瑄！」

「妳看，妳都臉紅了。」

我摸摸臉，的確有點燙燙，「哎喲！不要再挖苦我了。」

「哪是挖苦妳？所以，這個項鍊是他幫妳戴上的囉？」

我點點頭，瞬間想起那時候呼吸困難的感覺。

「天哪！妳知道這是多少女孩夢寐以求的嗎？」

「玉瑄……」我咬著下唇，最後決定將心裡的祕密說出來，「我跟妳說，那妳不可以笑我喔！」

「嗯。」玉瑄收起笑容，很認眞地看著我。

「雖然眞正和他認識的時間並不長，但是、但是……」我呼了一大口氣，「我想，我好像喜歡上他了耶！」

玉瑄摸摸下巴，表情看起來，似乎對於我的話一點也不感到意外。

「這樣是不是很隨便？這麼短的時間就喜歡上一個人……」

玉瑄輕輕拍了我的額頭，「謝小嘻同學，妳會不會想太多了，別忘了我和我親愛的男朋友可是第一次見面就認定彼此了呢！」

「可是……妳也知道我是慢熱慢熟的人，怎麼和他沒認識多久就……」

「謝小嘻！」玉瑄沒有等我講完，就打斷了我的話，「其實愛情這種事情，真的是感覺對就什麼都對了，況且啊……」

「況且什麼？」

「雖然當時你們不算認識，也不算是朋友，但是看妳這麼用心保存鉛筆袋，而且處心積慮想找到鉛筆袋的主人，應該是從一開始就已經對他很有好感了。」

「是這樣嗎？」

玉瑄聳了聳肩，「不過，不管怎樣也不用在意到底眞正認識對方多久，反正『喜歡』這種感覺這麼鮮明，喜歡就是喜歡了，爲什麼要想這麼多呢？」

「玉瑄……」我微瞇了眼，看著很堅定又有點瀟灑的玉瑄。

「加油囉！謝小嘻同學。」

我笑了，玉瑄的一番話確實醍醐灌頂。

對呀！喜歡就是喜歡，爲什麼要想這麼多……

「謝謝妳，我的室友兼好朋友兼戀愛顧問。」

「哈！不客氣，我想，有人要傷心囉！」

「什麼傷心？」玉瑄小聲地自言自語，我還是聽到了關鍵字。

「沒什麼啦！」

「到底是傷什麼心啦？」我拉了拉玉瑄的手。想到今天考完試的時候，玉瑄和阿浩他們好像有什麼事瞞著我，「對了，妳今天在幫著阿浩和阿名瞞著我什麼，對不對？」

玉瑄嘆了一口氣，「其實那時候我也不知道是怎麼回事，我只是接收到阿浩求救的眼神，就順便幫了他們一下。」

「所以妳也不知道事情的原由囉？」

「妳去找方允評的時候，我問過阿浩了。」

「那是怎麼回事？」

玉瑄又嘆了氣，「他沒有明講，倒是阿名稍微提了一下，如果我沒猜錯，阿浩幫我們買雞排那時，他應該是要順便拿他加油區的入場劵給妳吧！」

「入場劵？」我微微地握了拳，心跳加快了些，「可是阿浩完全沒有跟我提過加油團的事情啊。」

我認真回想昨天晚上阿浩送雞排過來時的聊天內容，他原本確實提過要跟我說關於歌唱比賽的事情，後來我主動講起方允評給了我和玉瑄兩張加油區的入場劵，阿浩就沒有特別再說什麼了。

對了！當時阿浩好像要從運動外套的口袋拿出東西，但後來又臨時作罷了。

想著，我覺得自己像洩了氣的皮球，有一種摻雜了難過的複雜情緒湧了上來。

「我想去找阿浩！」我下了床，抓起掛在椅背上的外套，很快地穿上。

「小嘻，時間有點晚了耶！」

「沒關係，當時我顧著跟阿浩講方允評的事，完全忘了阿浩也同樣參賽，應該也有幾張加油區的票才對。我只是自顧自地說話，我真的太差勁了。」

玉瑄苦笑了一下，「不過，妳去找他的路上，騎車要小心唷！」

「嗯……」我將錢包放進包包裡，然後抓起桌上的鑰匙。

「小嘻！我想再問妳一次。」

「什麼？」

「妳是不是已經很肯定自己的心……」玉瑄猶豫了一下，「是喜歡方允評的了？」

雖然不知道玉瑄怎麼突然提了這個，不過我還是回答了她的問題，「嗯。」

「那我覺得，我必須在妳出門前也告訴妳一件事情。」

看玉瑄的表情很認真，我也意識到這件事的重要程度，「什麼事？」

「其實阿浩他……是喜歡妳的。」

「什、什麼？」

「阿浩他一直是喜歡妳的。」

心像被什麼撞擊了一下，嘴上仍假裝平靜，「阿浩當然喜歡我，就像我喜歡他一樣的喜歡啊！別忘了，我們可是從小玩到大的青梅竹馬耶！」

「小嘻，妳知道我說的『喜歡』，和妳認為的並不一樣。」

27

晚上的風已經有些許涼意，前幾天穿著外套騎車還不覺得冷，沒想到才過幾天，如今已經開始轉涼。連打了幾個冷顫，趁著停紅燈時，將外套的拉鍊拉到最高。

從學校騎車到阿浩的住處大約二十分鐘，從前我都覺得很近，此刻竟突然覺得好遙遠，也許是太想立刻見到阿浩的關係。

一路上，我都想著玉瑄跟我說的話，也想起阿浩那天可能特地帶著歌唱比賽的票要拿給我，卻因為先聽見我收到方允評的票而作罷，那時，阿浩還問了一句「妳會幫我加油嗎」。

阿浩當下讓我覺得有點怪怪的的神情，原來是這麼來的。

謝小嘻，妳這個遲鈍鬼，就算妳對阿浩的感情不是愛情，但他是妳最好的朋友之一啊！為什麼妳從來沒有察覺他的心意，而且總在這些小地方有意無意傷害他呢？

謝小嘻，妳這個自私鬼，一直以來，妳只顧著和阿浩分享自己的喜怒哀樂，但是妳問過他想不想聽，或是主動關心他的感受嗎？

想到這裡，我對自己的責備就愈來愈多，複雜的、不知所措的感受滾成難以言喻的渾濁情緒。

一路上我好像想了很多，腦子卻太過混亂而無法深入思考，內心不停反覆著，最後終於到達阿浩住處樓下。

我停好車，準備從包包拿出手機打電話給阿浩時，有人喊了我的名字。

我朝大門口的方向看去，看見阿名還有兩位和阿浩交情不錯的男同學。我把安全帽掛在後視鏡上往他們走過去。

「嗨！」我擠出笑容，和他們揮手打招呼。

「小嘻，是來找阿浩嗎？」

我點點頭，「阿浩在吧？」

「在，不過剛剛我們一起喝了一些酒。」阿名抓抓頭，不好意思地說：「因為今天大家心情都不太好，所以，等一下妳可能會聞到屋子裡有酒味喔。」

「喔，沒關係。」聽阿名這麼一說，我這才聞到些微的酒氣，「那阿浩該不會喝醉了吧？」

「阿浩只喝了一瓶啤酒，他酒量這麼好，大概就像喝了一杯白開水而已吧。」站在阿名右手邊的男生笑著說。

「妳快打電話跟阿浩說妳到了吧！」阿名比了個撥電話的手勢。

「嗯，那你們回去小心唷！」

「好，拜。」

看著阿名他們離開的背影，我拿出手機，在通訊錄找到阿浩的名字，按下通話鍵。

「阿浩……是我啦！」

「小嘻，怎麼啦？」

「可以幫我開個門嗎？」

「開門？」電話裡，阿浩的語調微微揚起，「妳在我住處的樓下嗎？」

「是啊！」不知怎麼的，聽到阿浩和平常一樣的說話語氣，我突然安心下來，也因此心中湧上淡淡的心酸感，我清清喉嚨，盡可能讓自己的聲音聽起來沒事，「我還知道剛剛有一群男大學生聚在一起喝酒唷！」

「哈！妳遇到阿名他們喔？」

「是呀！」我輕哼了一聲，「他們還說你也喝了酒。」

「把我的事情講出去，眞是不可靠的朋友。」

「就算他們沒講，我也會聞到酒味好嗎？哈啾！」我吸吸鼻子，又打了一個冷顫，「你要來幫我開門了沒呀？」

「當然要，妳可是我的同鄉謝小嘻耶！」阿浩的聲音突然變得更大而且更清楚了些，這個時候，大門「嗶」的一聲開了。

我看著站在門口的阿浩，「我還以爲你只顧講話忘了開門。」

「不會的，只要是謝小嘻的事情，我……」

「哈啾！」我正巧打了個噴嚏，揉了揉鼻子時，我不禁感覺有一點慶幸，慶幸我的噴嚏打斷了阿浩沒說完的話。

雖然很不應該，但是我之所以會有這樣的想法，是因爲現在的我還沒準備好該用什麼態度、什麼表情，以及什麼話來回應阿浩。

28

「怎麼突然來找我？而且這麼晚了。」阿浩跟在我後面進了房間，然後關上門，「怎麼不打電話給我？」

我走到和室桌前坐下，阿浩坐在我面前，我又打了一個噴嚏。

「該不會感冒了吧？」阿浩皺皺眉，站起來，很體貼地為我倒了一杯熱開水。

「謝謝。」我接過杯子，小心地喝了一口，原本稍稍冰冷的手慢慢恢復溫暖。

「以後有事的話，先打電話給我，我去找妳或是載妳過來都好。」阿浩認眞地看著我，「不要這麼晚了還自己騎車過來。」

為了避開阿浩的注視，我低下頭，看看雙手握著的馬克杯。剛剛從宿舍衝過來時，想和阿浩把話說清楚的那種衝動，好像突然懦弱地躲了起來。

「心情不好嗎？」

我搖搖頭。

「考試考得不好，心裡很煩？」

我又搖搖頭。

「不然呢？遇到什麼討厭的事嗎？」

聽見阿浩像平常一樣的關心話語，此刻我卻無法和平常一樣回應，也無法直接了當地將心裡所想的事情告訴他。

我只好繼續低著頭，看著手中馬克杯裡的白開水，聽著阿浩說的話，我不斷湧出心酸的感覺，接著，我的眼淚竟忍不住掉了下來。

「小嘻，到底發生什麼事了？」阿浩接過我手中的杯子放在一旁，然後體貼地抽了一張面紙，替我擦掉臉頰上的眼淚，「怎麼了？」

「阿浩……」我抬起頭，看見阿浩果然眼底盡是擔心的神色，我的眼淚伴隨著複雜的情緒，不受控制地往下掉，「從來都是你問我怎麼了……」

「嗯？」揚著眉，阿浩嚇了一跳，驚訝地看著我。

「我好像從沒顧慮到你的感受……」

「小嘻？妳在說什麼？」

「對不起。」我擦了擦眼淚，「這樣自私的我，怎麼還敢大言不慚地說自己是你最好的朋友之一……」

「小嘻，究竟怎麼了？」

「我自顧自地說出方允評給我票的事情，卻完全沒有想到你同樣參加了比賽，也會有幾張加油團的票……」

「原來是這件事。」阿浩笑了笑，原本緊繃的臉部線條因爲恍然大悟而放鬆了一些。

「你都已經開口問我會不會幫你加油，當下我也覺得你有點怪怪的，但我竟然完全沒有想到……我眞的好差勁。」

「差勁？」阿浩又哈哈地笑了兩聲，「這和『差勁』沒有關係呀！再說，這只是件小事，爲什麼要掉眼淚？」

看著阿浩露出安慰我的表情，我的眼淚又控制不住地往下掉，想要回應，又不知道該說些什麼，只好保持沉默。

「小嘻，別哭了，我沒有這麼想。」阿浩抽了一張面紙替我擦掉眼淚，還幫我將被眼淚沾濕的頭髮勾到耳後，「我一點也沒有覺得妳差勁呀。」

「是嗎？」

「當然啊！」

「阿浩，謝謝你對我這麼好。」

「對妳好是應該的，妳是謝筠嘻耶！我們是青梅竹馬的好朋友嘛……」阿浩皺著眉，仍體貼地幫我擦掉眼淚。

「只是這樣嗎？」

「當然。」

「阿浩。」我又擦了一次眼淚，抬頭看他，勇敢地迎向他的眼神，「你喜歡我，對不對？」

這下換阿浩愣住了。

「對不對？」我抓著他的上臂，又問了他一次。

他原本避開我的眼神，此刻終於注視著我。沉默了幾秒，他才緩緩開口，「對，我是喜歡妳，從很久以前就好喜歡謝筠嘻。」

「阿浩……」我摀著臉，儘管早就知道這個問題的答案，但是親耳聽見阿浩的回答，我仍然很難冷靜下來，淚水更是放肆地往下掉，「那爲什麼你從來都沒有告訴我，還讓我這樣繼續愚蠢地傷害你……」

「爲什麼從來沒有說出我喜歡妳，那是因爲，我知道妳永遠不會喜歡上王之浩。」

我驚訝地看向他，視線早已模糊，「那你這個笨蛋，你明明知道我對你的感情和依賴不可能是愛情，你還……」

「因爲從好久以前開始，我就已經無法克制對妳的喜歡了。」阿浩突然說了這樣的一段令人心酸的話，「我也知道，這一天終究會來，但我就是克制不住。」

我虛弱地說著，「你這個笨蛋。」

「也許吧！」

「你這個……」我看著他，想用堅決而有力的語氣再說一次，可是模糊的視線突然失了焦，我變得好無力，「頭好昏喔……」

「嗯？」

我好像看見阿浩伸出手想摸摸我的額頭，在昏昏沉沉覺得好累的同時，隱約聽見阿浩說「發燒了」……

29

我因爲喉嚨痛得醒過來，想找水喝，才發現自己睡在阿浩的房間裡。

我想坐起身，額頭上的濕毛巾掉了下來，還因此吵醒了阿浩。

「想喝水嗎？」

「對。」

「等我一下。」阿浩站起身，但很明顯地因爲長時間維持同一個姿勢，腿發麻的關係，所以腳步有點艱澀，不過他還是很快地替我倒了一杯溫水，「來。」

「謝謝。」我接過馬克杯，一口氣喝下半杯。

「還需要嗎？」

我搖搖頭，「謝謝你，我怎麼了？」

「妳發燒了，八成是感冒吧，可能這幾天準備考試太累了，而且剛剛來的路上又吹了風。」

阿浩接過我手中的馬克杯，示意要我躺好，溫柔地爲我蓋好被子，最後又將毛巾重新擰乾，放在我的額頭上，「明天我再陪妳去看醫生。」

「謝謝……」

「還跟我客氣什麼！」昏黃的燈光下，阿浩的笑容我卻看得很清楚，「快睡吧！我睡在地上的巧拼墊上，如果很不舒服，記得要叫我。」

我點點頭，像個乖孩子一樣閉上眼睛。但是過了好一會兒，明明很疲倦的我還是無法安心入睡。

「阿浩，你睡著了嗎？」我轉身，看著背對我側睡的阿浩。

「沒有。」

「我今天好像太激動了一點，對不起。」

「沒關係的。」

「還有，請你原諒我，關於我的遲鈍與愚蠢。」

「小嘻，這不是妳的錯，別再說這些抱歉的話了好嗎？」

「可是……」

阿浩轉身，面向床上的我，「我說過，是我自己無可自拔地喜歡妳，怎麼都無法控制，所以我也說了，我知道這天遲早會來的，如果妳一直道歉，只會讓我更難過而已，所以不要再說對不起了，好嗎？」

停頓了幾秒後，我才點點頭。

「還有，妳睡著的時候，我已經通知玉瑄了，我告訴她妳今天不回宿舍，請她不用擔心。此外，我們也聊了一下。」

「嗯。」

「我知道妳之所以這麼衝動飛奔到我這裡來的原因，而且玉瑄也把妳目前的心情告訴我了。」

「是關於方允評的嗎？」我咳了咳。

「其實，方允評出現沒多久，妳興高采烈地和我討論他的時候，」阿浩輕笑了一聲，「我就知道我不會是他的對手了。」

「阿浩……」

「或者應該說，看妳這麼期待鉛筆袋的主人出現，我就應該知道……」阿浩停頓了幾秒，略顯艱難地繼續講完他想說的話，「就應該知道我出局了。」

「我也不知道爲什麼我會……」

「就像我也沒想過，我會喜歡上當初那個總是流著鼻涕，又老是愛跟在我後頭跑的愛哭鬼謝小嘻。」

「你很煩耶。」我皺皺鼻子。

「總之，感情的事眞的很難說。」阿浩嘆了一口氣，「不過妳要加油喔！那傢伙可是有很多粉絲的。」

「加油？」

「努力加油，讓他成爲妳的男朋友呀！」

我吸了一口氣，然後緩緩吐了出來，「這就再說吧！我只是突然發現原來自己已經喜歡上他了，又沒說要跟他交往。再說……他的選擇這麼多，根本就不會注意到我這個醜小鴨的。」

說著，我又想起在社團大樓樓梯口時，聽見方允評和那個女孩對話的事，還有女孩抱著他哭得好傷心的情景。

「我說過，妳不要對自己沒有信心。」阿浩打了個呵欠，「好累喔！該睡覺了，明天還要比賽呢。」

「好吧！晚安。」

「晚安。」

原本閉上了眼睛，幾秒後我又睜開眼，「阿浩……」

「認床嗎？」

「謝謝你一直以來對我這麼好。」突然覺得鼻子酸酸的，有一種想哭的衝動。

「這句台詞爛掉了啦！」阿浩發出了輕輕的笑聲，「睡囉！晚安。」

「晚安。」聽完阿浩這些話，我知道他刻意用笑聲掩飾苦澀，只是我此刻也不知道該回應什麼，只好簡短地回應他，然後趕緊轉身，默默地掉下眼淚。

謝謝你，阿浩……真心謝謝你。

30

接下來的幾天，終於忙完了期中考，也擠出幾份該交的期中報告，總算可以解除「戰備狀態」，恢復平時比較輕鬆一些的生活。

那天晚上之後，我和阿浩的相處就像從前一樣，儘管彼此沒有刻意約定，但也許是出於兩個人之間的默契，我們誰也沒有再提起那天晚上的事。

我們沒有多講什麼，相處起來也如同以往，不知道阿浩是怎麼想的，但我心裡還是有一點點不自然。不是因爲不知道怎樣面對阿浩，而是總會偷偷地擔心自己講的話、表現出來的行爲，會不會又像從前一樣有意無意地傷害到他。

我用手撐著下巴想著這些事，台上的助教在下課鐘響一分鐘後，終於心甘情願宣布下課，然後快步走出教室。原本一片寂靜的教室，一下子恢復了熱鬧。

「小嘻，上課都在想什麼啊？」坐在我後面座位的阿浩已經收拾好他的東西，站在我身邊等我，還輕輕敲了敲我的頭。

我將文具收進包包裡，無奈地看著他，「哪有，都怪助教上課太無聊了。」

「哈！我還以爲是因爲玉瑄蹺課，妳也跟著心不在焉的。」

「人家是去和男朋友班遊去了，我心不在焉什麼呀！」我嘟著嘴反駁，拉上包包的拉鍊，站起身，和阿浩一起走出教室，「對了，阿浩，後天就要比賽了，你練得怎麼樣啦？」

「還好囉！就平常心，我是志在參加，不在得獎。」阿浩聳聳肩，「別忘了，我只是去幫阿名他們充人數的。」

「平常心……」

聽到阿浩說「平常心」三個字，我也突然想起方允評說「平常心」這三個字的樣子。這一個星期以來，我好像完全沒有和他聯絡。

雖然每天睡覺前或是一個人的時候，都會想起他的微笑，或者想起他說的某些話，有的時候還會特別想念他，甚至經常拿起手機想傳個簡訊或撥電話給他，但往往在電話中找到了他的名字，要按下按鍵的那一刻，突然作罷。

玉瑄將這一切看在眼裡，極力說服我不要再猶豫。但是明明沒有什麼特別的事情，打電話也不知道要說什麼啊。

「小嘻！走路也能發呆呀？」

「喔……沒有啦。」

「話說妳的方允評呢？練習得怎麼樣了？」

「啊？」我急忙想要摀住阿浩的嘴，轉頭看了和我們一起走樓梯下樓的同學們，確定他們應該沒有聽到什麼，才用極小的音量說：「什麼我的方允評啦！你要害我被他的粉絲追殺啊？」

「哈！妳也會擔心這個嗎？」和我並肩走著，阿浩哈哈地笑了兩聲。

「當然，」快步地和阿浩一起走出系館大樓，我們走到稍微空曠一點的地方，才又恢復了平常悠閒的步伐，「而且，我本來就不打算多做什麼追求之類的動作。」

「什麼意思？」

「我是喜歡他沒錯，而且是眞的很喜歡……」我踢了一腳紅磚道上的小石子，「可是……唉呀！也許你又要說我沒自信了，但是我跟他就是不可能呀！」

「怎麼不可能？」

「他那麼優秀，也聽你們說過他在舞台上的魅力，而且我知道他有一個夢想，是想站在舞台上唱歌給全世界的人聽。」我嘆了一口氣，「這樣亮眼的人，根本和我是不同世界的嘛！」

「謝小嘻！」阿浩輕輕抓住了我的手臂，認眞看著我。

我抿抿嘴，抬頭看阿浩，「我知道你一定又會叫我不准那麼沒自信，可是事實就是這樣啊！不是有一句話……說什麼何必爲了一棵樹，放棄整片森林的。也聽過不必爲了一顆星星放棄整片天空這種說法啊！」

阿浩皺眉，然後點了點頭。

「也許方允評早就擁有一整片森林和一整片天空了，這樣的他，又怎麼可能注意到我呢？」我苦笑了一下，「畢竟我既不是一棵美麗的樹，也不是一顆亮眼的星星。」

「妳當然不是一棵美麗的樹，也不是一顆亮眼的星星。」原本表情認眞的阿浩出乎我意料地笑了笑，「因爲妳是笨蛋謝小嘻。」

「王之浩！」我裝作怒氣沖沖地瞪著他，輕輕地搥了他一拳。

「難道妳是傳說中的謝小樹，或是謝小星嗎？」

「好冷，而且你眞的很欠揍耶！」我又伸手揍了他一拳，還故意用力呼吸，以表示我的怒氣。

阿浩完全沒有閃避我的拳頭，很快地收起了開玩笑的表情，取而代之的是認眞的神色，「小嘻，如果可以的話，喜歡一個人，一定要盡可能地讓對方知道，不然會很酸、很辛苦的。」

抬起頭對上阿浩的視線，他眼底有幾分苦澀。我知道他說這番話並沒有其他意思，是眞心地爲我好。

是呀，喜歡一個人本來就不只有甜蜜而已，還有一些些的酸、一些些的苦。

不過，也許正由於「喜歡」的心情如此複雜，才顯得特別。

「所以，你是以過來人的身分說這些話的嗎？」

阿浩抿抿嘴，苦笑了一下，「總之，要把握機會。」

「阿浩，眞的謝謝你，只是……」我吸了一口氣。

「只是什麼？」

「我可能連機會都來不及把握，就已經出局啦！」

「怎麼說？」

我嘆了一口氣，「有一天我無意間……呃，算是不小心被好奇心驅使，然後很尷尬地偷聽到一些話啦！」

「嗯？」

「總之呢！方允評心裡已經有一個喜歡了很久的女生。」

「是這樣嗎？」

「也許這樣比喻不是很適合，但對我而言，在某種程度上，我總覺得方允評和我之間距離非常遙遠，就像是人們追求夢想時和夢想相隔的距離一樣。」我苦笑一下，「你也知道，我不怎麼相信追求夢想這種事。」

說完這段連我自己都覺得驚訝的話，我又沉沉嘆了一口氣。

原來在我的潛意識裡，竟然覺得方允評和我的距離，與夢想和我的距離相當。

「妳這個悲觀鬼！」阿浩敲了一記我的頭，「看來，我不幫妳刊登個徵男友啓事是不行了。」

「哼！」

「好啦！我該去練習了，不然阿名又要囉嗦了。」

「那我去看你練習。」

阿浩機車地揮了揮手，「不行！」

「爲什麼？」

「因爲很巧的，妳的方允評來了。」阿浩露出好久沒有出現在他臉上的爽朗笑容，指著停車場前紅磚道的方向。

我往前看去，「眞的是方允評……」

「對呀！難得的巧遇，搞不好是緣分天注定唷！」

「誇張耶！」

「去吧！順便幫我告訴他，我不會輕易讓他拿到冠軍的。」

「喂！」我扠著腰，「你不是說志在參加嗎？」

「在情場上我輸掉了，想要在戰場上贏回來，這樣也不行喔？」阿浩眨了眨右眼。

31

「好巧喔！」

方允評走向我，帶著他特有的陽光笑容，「是啊！」

「你是要去上課嗎？」幾天沒見到他，我又變得沒辦法立刻和他熱絡，尤其剛剛才正好和阿浩聊到方允評，我那不乾脆的毛病又開始作祟。

「沒有。」

「那是要去社窩練唱嗎？」

他神祕地笑著，「也不是，我想帶妳去一個地方。」

「我？」

「我聽阿……妳應該沒課了吧？」

「嗯，你說你聽什麼？」我疑惑地看著他的神祕笑容。

「沒什麼，走吧！」他拉起我的手，帶著摸不著頭緒的我走向停車場。

「方允評！」我大叫著。

問。

「等一下妳就知道了。」他拉著我，頭也不回地往前走，完全不理會我的滿肚子疑

就這樣，我跟在他後頭，走到他的機車旁，將他溫柔地放在我頭上的安全帽扣好，然後聽話地遵從他的指示，坐上他的機車後座。

「方允評，我們到底要去哪裡？」我打開安全帽的透明罩，從後照鏡看著專心騎車的他。

「不是說等一下妳就知道了嗎？」

「可是我現在就想知道啊。」風聲好大，所以我用很大的音量說話。

「眞的那麼想知道？」後視鏡裡，看到他嘴角揚著淡淡笑意。

「是呀！」我點點頭。

「我想帶妳去一個我很喜歡的地方。」

「很遠嗎？」

「還好，不過……因爲想給妳驚喜，所以請妳再忍耐一下。」

「喂！」

「總之，那個地方我很喜歡、很特別，而且很適合找回某些東西。」

適合找回某些東西？找回什麼東西？又有什麼地方是可以找回什麼東西的呢？

方允評這麼一說，我愈來愈好奇了。

「再二十分鐘左右就到了。」也許察覺到了我的疑惑，他補充說明。

「嗯。」

他伸出手，抓起我輕輕放在他腰間，不敢抱住他的手，溫柔地從後照鏡看我一眼，「抓好喔！」

我坐在後座，因為抱著他而心跳微微加快，這才發現他的手好大，而且好溫暖。

32

「這裡是……」我看著眼前一大片草原，嫩青色，綠油油的一大片。

「心情不好的時候，我就會到這裡來。」方允評拉了我一把，要我和他一起並肩坐在草地上，還舒服地把兩條腿伸直，悠閒地吸了一大口氣。

看著他的側臉，也許是被這一大片草地吸引，抑或是感受到方允評悠然自得的態度，我竟竟感到格外放鬆，還有一種徜徉在大自然中的舒服。

從前爸爸媽媽感情還很好的時候，很喜歡全家出外踏青，原來就是因爲如此嗎？我偷看方允評一眼，他坐在我身旁，雙手往後撐著地，微微仰頭看向傍晚的天空，他的眼神飄得好遠，似乎望向遙遠的天際，而且彷彿已經看穿天空，看向我所不知道的領域。

而我看著他的側臉以及深邃的眼神，發現此刻坐在我身旁的這個男孩外型眞的好好看、好吸引人。此刻我也更加確定，雖然認識他的時間不算長，但不可否認，這個名叫方允評的男孩，已經根深柢固地住進了我心裡。

「怎麼啦？」他收回他望著遠方的視線，停在我的臉上，嗓音很溫柔而且低沉。

沒料到他突然會看向我，我回過神，尷尬地移開視線，「沒……沒有。」

「一直呆呆地看著我，是我臉上有什麼嗎？」

「沒有。」我又尷尬地笑了笑，趕緊轉移話題，「這裡眞是個好地方。」

「是呀！」

「你剛剛說心情不好的時候就會過來，所以你現在心情不好嗎？」

他搖搖頭，「我剛剛忘了說，其實除了心情不好之外，有時候累了想放鬆一下，或是追求夢想倦了的時候，我也會到這裡來。只要在這裡躺著，什麼都不想，就可以獲得滿滿的力量。」

「躺著？」

他微微地笑了，然後脫掉他的外套，貼心地鋪在我後面的草地上，「妳試試看。」

他揚起眉，給了我一個溫柔的眼神。

我小心翼翼地躺下來，感覺與大自然好靠近。

他也躺著，用手枕著頭，「是不是很舒服？」

我模仿他的姿勢，也將手枕在頭下面。淡藍色天空泛著夕陽的金黃色，確實讓人很舒服。

就這樣沉默了好幾分鐘，我突然想起剛剛在路上時，他說這個地方適合找回某些東西，於是我吸一口氣，「所以，這是你找回力量的地方囉？」

他側過身，用充滿溫柔笑意的眼神看我，「沒錯，不過，我剛剛在路上講的其實不是這個。」

「不然呢？」我也側身面對他。

「找回某些東西，指的是找回讓妳相信夢想的動力。」

他的眼神太過溫柔，溫柔到我無法繼續注視他，於是我又挪動身子，看向頭頂上的天空，「相信夢想……」

他單手撐在耳後，看著我，和我靠得好近，「小嘻，雖然我和妳聊過不只一次關於夢想的話題，我還是想告訴妳，生命會因爲追求夢想，而變得更有溫度、更有價值。即使在追求夢想的過程中，我們永遠不會知道未來能不能到達那個我們期望到達的位置，但追求夢想的熱血沸騰，往往才是最精彩的一部分。」

「方允評……」

「所以，不管是後天的歌唱比賽，或者是未來的每一場比賽，我都會努力證明，夢想絕對不是遙不可及的。」他溫柔地笑了笑，「直到謝小嘻找回追求夢想的動力爲止。」

近距離看他認眞而執著的眼神，我竟不小心湧出淚水，視線逐漸模糊。不想讓他發現，於是我趕緊坐起身，弓起雙腿，努力克制快要掉下來的眼淚，卻似乎無法成功，只好暗自希望他沒有發現什麼。

不過，細心的他也跟著我坐起身，慢慢靠近我，伸出他修長的手，輕輕拭去我滑落臉頰的眼淚，「這有什麼好哭的？」

「沒什麼啦……」

「別哭了。」他低下頭，關心地盯著我看，貼心地從背包裡拿出面紙，很溫柔地幫我擦掉眼淚，「我知道，一個人的想法不可能說改變就改變，但是我會陪著妳一起努力的。」

「方允評，謝謝你……」

他笑了，眼睛都瞇了起來。然後他伸出手捧著我的臉，沒有再說話，只是慢慢地向我靠近。

這一瞬間，我的心跳頻率快得不像話，呼吸急促到幾乎要停止了，當他出乎我意料地緩緩吻了我的額頭時，我的心跳已經漏了一拍。接著，他的嘴唇輕輕碰了我的鼻尖，然後將手放在我的頸後……

我幾乎快被這樣的溫柔融化，下意識閉上了眼睛，心裡滿滿的羞澀，但不可否認，我真的期待著即將會發生的……我的初吻。

他和我同樣急促地呼吸著，在我唇邊吐出微微的熱氣，最後，將他溫暖的唇輕輕吻在我的臉頰上。在我睜開眼睛的剎那，他隨即緊緊地擁住了我。

「我會證明給妳看的。」他用他低沉的嗓音，在我發熱的耳邊說著。

「難怪阿浩說妳是愛哭鬼。」

「什麼？」我以為自己聽錯了什麼，「你說阿浩，王之浩？」

「嗯。」方允評神祕地笑了。

「你認識阿浩？」我皺著眉。

「王之浩籃球打得這麼好，出名得不得了，誰不知道？去年的系際盃可是把我們系籃電得好慘。」

「那是『知道』，但不算是『認識』。」我搖搖頭，不接受方允評的回答。

「這兩者有差別嗎？」他揚起眉，一副賣關子的模樣。

「當然有差別，難道他會在打系際盃時，在球場上偷偷告訴你我是愛哭鬼嗎？」

「哈哈，這時候妳倒很精明嘛！」

「快從實招來，你怎麼認識阿浩的？」

「阿浩之前來找過我，所以我們就認識了。」

方允評的話勾起了我好大的好奇心，「他爲什麼去找你？」

「這個嘛……」

「別告訴我你又要賣關子了！」

「哈！都被妳看清了，其實我們也只是討論一下歌唱比賽當天的事情而已。」他聳聳肩，「因爲我們恰巧選了同一首歌，主辦單位問我們要不要協調一下，看看誰要更換演唱曲目。」

「怎麼這麼巧？」

「對呀！也許是因爲我們都想唱給同一個女孩聽的關係吧！」

我的手機鈴聲在這個時候突然響起，我從口袋裡拿出手機，按下接聽鍵，「喂？阿浩！」

還沒說話，就先聽見話筒那頭傳來阿浩的笑聲，「開心嗎？」

「啊？」

「和我強勁的對手在夕陽下約會，開心嗎？」

「王之浩！」突然之間，我想我猜出了下午之所以在紅磚道和方允評巧遇的原因，難怪當時還想不透阿浩幹麼沒事帶著我往校門口的方向走去，「你竟然夥同一個才認識幾天的人，一起設計你的青梅竹馬？」

「這算哪門子的設計？」

「王之浩！」我咬牙切齒地，還不忘瞪了方允評一眼。

「好啦！」電話那頭，阿浩笑嘻嘻地說：「好好享受美好的約會，我去練唱啦！」

「我會找你算帳的。」我收好手機，看著方允評，「原來你早就和阿浩說好了，我才在想怎麼會這麼巧。」

「其實也不算約好，我只是偷偷向他打聽妳今天的課表，」他聳聳肩，「然後他就很好心幫了我一下而已。」

「你們兩個喔……對了！我剛剛接電話時你說了什麼啊？說到你們選了同一首曲目的話題。」

他哈哈地笑了兩聲，「我說，可能因爲是知名團體的歌，特別熱門吧！所以才恰巧選到同一首，對了！」他將背包放下，從裡面拿出一部單眼相機，「另一件重要的事情，就是要找回謝小嘻曾經的夢想。」

我的鼻子又酸了，眼眶也是。

「喂！先別哭喔！」他溫柔地笑起來，「等到妳成爲了會讓人嚇到跪下的攝影大師時再流眼淚比較帥！」

我噗哧地笑了出來，突然覺得自己眞是喜怒無常的傢伙。

「那這個相機是？」

「送給妳的。」

「不行，這太貴重了……」

「我話還沒說完，我要麻煩妳在我每次比賽時幫我拍照留念。」

我驚訝地看著他，不知道該回應什麼。

他往前走一步，將單眼相機掛在我的脖子上，輕輕抓起我的手，讓我捧著相機，然後站在我身旁，「來！找回夢想的動力，就從這一刻、這個當下開始。」

「所以？」

「從我們的甜蜜合照開始！」

已經好久沒聽見這個有點陌生，又有點熟悉的快門聲清脆地響起……有一種淡淡的懷念。

我按下快門的那一剎那，情不自禁地抱住了方允評。

一方面是因爲感動，另一方面，是不想讓他發現我又忍不住掉下眼淚了。

34

我雖然不是參賽者，但第一次參加校園歌唱比賽這種活動，光坐在台下，我都覺得好緊張。

我想應該是因爲有兩個我很在乎的朋友同時參加，所才使得我特別緊張又特別期待吧！

「哇塞！妳看，方允評的應援海報好多喔！」玉瑄忍不住驚呼，轉頭看著比賽會場的觀眾。

我也看了看會場四周，發現方允評的粉絲團確實不少。我也同時看見系學會和系籃特別爲阿浩製作的布條與海報，看起來，阿浩的粉絲團人數也和方允評的粉絲團人數不相上下。

「今年的比賽一定很精彩。」玉瑄雙手合十，滿臉期待，然後挨著我小聲地說：「看完比賽之後，妳一定會更喜歡方允評的！」

「玉瑄……」我用食指抵著唇，要玉瑄說話小心一點，不要被別人聽見了。

「有什麼關係？你們現在不就是交往中了嗎？」

「也不算啊！」我嘟著嘴，立刻反駁了玉瑄。

想了一下那天從那片草地離開之後，至今不到兩天的時間，一起吃了兩次飯，講了兩次電話。在這期間裡，方允評既沒有主動說出「交往」之類的字眼，有一次簡餐店老闆詢問方允評說我是不是女朋友時，方允評也沒有給出肯定答案，就只是聳聳肩，一笑置之。

還有，那天他溫柔地吻了我的額頭、鼻尖，當我以爲即將獻出我的初吻時，他很明顯地移開了他嘴唇，停止了即將吻我的舉動。

所以，我又不安地想起那次他跟那個女孩說過「心裡已經有一個女孩」的話。

「怎麼了？」察覺我若有所思，玉瑄關心地問我。

「沒什麼啦！那天我不是跟妳說，他突然停止……吻我嗎？」

「嗯。」

「我覺得，也許他當時只是一時衝動，才不小心對我做了那些舉動吧！」

「怎麼突然這麼想？」玉瑄睜大眼睛問我。

我緩緩嘆了一口氣，將剛剛想的事情都告訴玉瑄。

「也許他只是在等一個好時機，好好向妳告白呀！」

「我覺得，那是因爲他心裡有另一個很重要的女孩。」

「幹麼胡思亂想？」玉瑄的音量加大了些。

「噓……那天他就是這樣跟學妹講的呀！我在樓梯口偷聽到的。」

「哎喲！管他是誰，反正方允評現在千眞萬確地喜歡妳就好啦！」玉瑄拉著我的手，「妳放心啦！我覺得他之所以沒有告白，一定是想找個良辰吉日，八成是想等忙完比賽，比較閒的時候再來規畫告白呀！」

我不安地搖搖頭。

「謝小嘻，我的直覺告訴我，妳眞的想太多了。」

我再次搖搖頭，「我的直覺也告訴我，眞的不是我想太多。」

「好啦！比賽開始了，」玉瑄指著台上開始介紹評審老師的主持人。「看完比賽之後，我們再來好好討論這個話題。」

現在的確不是討論這種話題的時候。我點點頭，將目光移向台上。

擔任主持人的學長拿著麥克風，把比賽規則講完，轉頭看了看後台，「剛剛在後台時，我們已經請參賽的同學抽完順序籤，投影屏幕上是演唱的順序。」

「是的。」一個穿著小禮服的學姊這時也走到學長的身旁，一隻手拿著麥克風，另一隻手則拿著講稿，「剛剛已經介紹過今天來頭不小的評審，不過也要特別告訴大家一個非常重要的消息。」

「什麼消息呢？」主持的學長提高了音量。

「由於身爲資深音樂人的評審到場擔任評審，所以今天也算是小小的校園選秀行程。近期正巧有個爲偶像劇演唱單曲的機會，所以……」學姊話才說到一半，就引來了一陣好大的歡呼與尖叫。

「所以今天表現傑出的參賽者，就可能得到錄製單曲的殊榮囉？」

「沒錯！」

「難怪這次比賽是三校聯合舉辦，原來還有這個原因！」

「是的！讓我們此刻一起宣布……比賽開始！」學長與學姊的話，將現場氣氛炒熱到最高點，接著，比賽會場立刻充斥震耳欲聾的尖叫與掌聲。

35

這次比賽因爲是幾所學校聯合舉辦，參賽者的人數很多，有將近四十位。爲了讓評審老師可以稍作休息，於是將比賽分成兩個階段。

剛剛在開場的時候，台上的投影跳得太快，結果我只看見阿浩的順序是上半場最後一位，卻沒有注意到方允評的順序。

管他的，待會兒就知道了。

到目前爲止，上半場演唱過的幾個人，不管是男女對唱或是獨唱，都讓人覺得好驚豔。雖然我不擅長唱歌，但還算滿愛聽音樂的，有一兩個參賽者演唱完畢時獲得了很大的掌聲，我就坐在評審後面兩排，還看見評審不斷跟著歌唱的節拍晃動，還和隔壁的評審討論著。

「這個人好會唱唷！」

「當然囉！他是我們姊妹校去年的冠軍。」

我看著玉瑄，訝異她總是知道這些特殊情報，「這妳也知道。」

「對呀！他也算是他們學校的風雲人物。」

我點點頭，這位參賽者唱完了最後一句，在掌聲中說了一句，「謝謝。」

「等一下就輪到阿浩了，好期待喔！」我開心地說，心裡像是自己即將演唱一般興奮與緊張。

「嗯。」玉瑄笑著，「我也很期待。」

「接下來的第二十號參賽者，同是也是上半場的最後一首歌……」穿著小禮服的學姊笑盈盈地介紹著，我在台下，因爲太過緊張，又習慣性地緊握著拳，屏息等待阿浩的出場。

「値得一提的是，第二十號參賽者，聽說原本是各自分開報名、獨立演唱的。」學長走到台中央的位置，「但爲了某些原因，在比賽前夕臨時決定改以合唱的方式報名，相當特別！而且這兩位可都是我們學校很受歡迎的帥哥！」

「兩位？」我納悶地看著玉瑄。

而玉瑄回報給我的，也是滿滿疑惑的表情，「不是只有阿浩一個人嗎？」

學長和學姊很有默契地齊聲說著，「讓我們歡迎第二十號參賽者……王之浩、方允評！」

現場尖叫與加油聲幾乎要把耳膜震破，我帶著一百萬分的疑惑，眼睛眨也沒眨地盯著台上，結果眞的看見阿浩與方允評一同坐在台中間，各自坐在架好的麥克風前，專注地調整腿上的吉他，直到向主持人示意可以開始的時候，主持人這才帶著微笑宣布。

「讓我們一同來欣賞這首五月天原唱的歌曲……」

36

我終於見識了方允評的舞台魅力，也明白阿浩之所以異性緣這麼好的原因。他們兩個不僅各自擁有出眾的外表，唱起歌來還有一種獨特的魅力，歌聲好像藏著好多好多的情感，讓聽眾很快就能進入歌曲裡面。

看著台上對我來說很重要的兩個人，聽著他們的吉他彈奏聲，我竟然因爲感動，不小心掉下了眼淚。

他們選擇五月天的〈有些事現在不做，一輩子都不會做了〉，這首歌是對我唱的嗎？儘管有可能只是巧合，或者是我自作多情地對號入座，但來自我心裡最深處的感動卻是眞眞切切的。

「謝謝。」主持的學姊在最後一個音符結束後，將我從他們的歌聲裡拉回現實。整場的觀眾給了他們好熱烈的掌聲，尖叫聲此起彼落。

趁著玉瑄還沒發現，我趕緊偷偷擦掉不小心滑下來的眼淚。

「小嘻，好好聽喔！而且我好感動喔……」玉瑄看著我，吸了吸鼻子，「我明明就不是當事人，連我都想掉眼淚了。」

「玉瑄……」

「謝謝大家。」阿浩和方允評站起身，在架著的麥克風前微微鞠了躬，異口同聲地說，然而在大家又給予一次熱烈的掌聲時，我看見他們交換了一個眼神。方允評往前走一步，拿下麥克風架上的麥克風。

「謝謝大家。」方允評露出超陽光的笑容，這絕對迷死了不少女孩，「雖然不應該這樣公器私用，但還是希望評審老師以及各位同學不要見怪，只要耽誤一分鐘就好，因爲我們想藉著這個機會說一些話……」

會場裡的觀眾因爲方允評的話，瞬間停止了原有的喧鬧。

「就像主持人剛剛說的，我和王之浩同學原本是分開報名的，之所以最後會決定合唱這首歌，那是因爲很湊巧，我們都想把這首歌送給一位不相信夢想能夠實現的女孩，她因為某些想法與理由，困住了曾努力追求夢想的自己……」

我的眼淚再次在眼眶裡打轉，而玉瑄在這個時候握住了我的手。

「我們都希望能告訴她，很多事情，現在不做，一輩子都不會做了，就像追求夢想這件事情一樣。」台上的方允評笑了笑，往台下我的方向看過來，「還有，我站在這裡，想要趁這個機會，告訴這個早就住進我心裡的女孩，我喜歡妳，謝小嘻……請妳答應當我的女朋友，謝謝大家。」

台上的方允評，在我的視線裡愈來愈不清楚、愈來愈模糊，直到他和阿浩鞠了躬，慢慢走向後台，我的眼淚還是不受控制地不停往下掉。

37

「這樣離開比賽會場……沒關係嗎？」我擔心地問方允評，他把我從觀眾席帶走，跑出會場。被他拉著手，我的腳步跟著他往前走。

「當然沒關係，別忘了我還有另一個隊友。」他笑笑地說，帶我走到體育館後面的樹蔭下，「就算趕不回去，要領獎，也有阿浩去領呀！」

我抬頭看著他，「就這麼有把握可以領獎？」

「應該可以。」他溫柔地看著我，伸出雙手捧著我的臉，用他修長的手指輕撫我臉上殘留的淚水，「不過，就算沒有得獎，看見妳臉上感動的眼淚，已經比得獎更值得了。」

「方允評，你眞的很煩耶！」我往他胸前搥了一拳，「和阿浩聯合搞這種驚喜，都不讓我知道。」

「妳知道了還會讓我當眾說這些嗎？阿浩告訴我，在某些方面，妳不夠有自信，要我給妳足夠的安全感，而且……」

「而且什麼？」

「他說他對妳的感情不是一朝一夕，當然也不會說放手就能放手，所以要他放開妳，放心將妳交給我的前提就是……」他撥了撥我的劉海，溫柔地笑著，「一定要先給妳一個讓所有女生尖叫稱羨的告白。」

聽了方允評的話，我又忍不住掉下眼淚，「原來都是阿浩。」

「不完全是。」方允評深情地看著我，「那天沒有吻妳，我知道妳一定以爲我不夠喜歡妳，其實天知道，當時我眞的很情不自禁。」

「那爲什麼……」先是看著他一起一伏的厚實胸膛，然後我迎上他的眼神，「我真的以爲你……」

他接了我的話，「以爲我不喜歡妳，對不對？」

我點點頭。

「那是因爲，我想在追求夢想的路上給妳一場甜蜜的告白，再讓妳放心地把妳的吻交給我。」

「方允評……」

「謝筠嬉同學，妳還沒回答我的問題耶！」

「什麼問題？」

「妳願意當我的女朋友嗎？」

他微微低著頭，我感受到他鼻子呼出來的熱氣。我勇敢地看著他，明明距離很近，卻因爲眼眶蓄滿淚水，他的模樣變得好不清楚。

「願意嗎？」他又溫柔地問。

我抿抿嘴，將心底最想說的三個字說出口，「我願意。」

他再次深情地捧著我的臉，用他溫柔而溫暖的唇輕輕吻了我的額頭，觸碰我的鼻尖，最後，給了我完整的「交代」。

他的嘴唇最後停在我發燙的嘴唇上，留下一記很深情、很難忘的初吻。

38

歌唱比賽的結果如大家預料，方允評和阿浩這一組的合唱獲得了冠軍，不過，演唱偶像劇單曲的機會，則因爲評審有其他考量，加上配合偶像劇的選曲需要更適合的嗓音，所以這個演唱機會則由他校的另一位大三學生獲得。

比賽結束後，雖然已經將近晚上十一點，但因爲太開心，加上玉瑄的慫恿，我們決定飛奔到市區一家知名的燒烤店舉行慶功宴。

第一回合的食材全部送上，平鋪在烤肉網上之後，玉瑄舉起裝滿可樂的杯子，「慶祝爲校爭光！」

「乾杯！」

「果然是行家一出手便知有沒有，你們兩個的合唱實在太棒了啦！」玉瑄坐在我身旁，崇拜又興奮地看著坐在對面的阿浩與方允評。

「是嗎？」方允評笑笑的，細心地用夾子翻動烤肉網上的肉片。

「對呀！」玉瑄皺皺鼻子，「也許你們在台上看不清楚，但你們知道感動了台下多少觀眾嗎？」

「有這麼誇張喔？」阿浩將杏鮑菇翻面，故意瞄了我一眼，「不過，雖然我沒有看清楚其他人，但我在台上，可是把加油團的某人看得一清二楚。」

我瞪了阿浩一眼，「是趁機消遣我嗎？」

「本來就是啊！」阿浩輕輕碰了一下方允評的肩膀，「你說是嗎？」

方允評看了阿浩一眼，帶著淡淡的笑意朝我點了點頭，「沒錯。」

「哼！」我不客氣地哼了聲，沒想到這兩個人突然變得默契十足。

「廢話，你們唱的這首歌都打動其他人了，如果當事人無動於衷，那也未免太鐵石心腸了。」玉瑄喝了一口可樂，也許是想幫我解圍。

「王之浩，你和方允評串通的事，我可還沒找你算帳。」我瞇起了眼，用充滿威脅性的眼神假裝凶狠地瞪著他，「你現在還當眾羞辱我。」

「串通？」阿浩笑笑地看著我，「這不算串通啦！充其量只能說是……」

「說是什麼？」

「送給青梅竹馬朋友的……」阿浩突然認真地說：「一份幸福禮物而已。」

突然看見阿浩認真的臉，我內心裡也在這一瞬間充斥著感動。

「哈！所以，」阿浩爽朗地笑了笑，「你們收了我這份禮物，可得好好地幸福下去啊，方允評！」

方允評也帶著笑，揚了揚眉，「嗯？」

「我接下來想說的話，也許是偶像劇的老梗了。」阿浩放下夾子，握著他大大的拳頭，「但我還是想告訴你，如果你沒有連同我想要給小嘻的幸福一起加倍算進去，我絕對不饒你。」

「這你放心，就算你沒交代，我也會這麼做的。」

我感動地看著眼前的兩個大男孩，發現此刻我真是世界上最幸福的女孩。當我想開口說些什麼時，玉瑄反而先開了口，「天哪！你們是在演哪齣戲啊！我真的要感動死了啦！」

「對呀……好感動喔……」我吸吸鼻子，「謝謝你們，有你們大家真好。」

「小嘻，感動的話，就努力地幸福吧！」阿浩笑著，眼睛彎彎的。他拿起杯子，「不然，就記得快點介紹女朋友給我吧！」

我笑著說：「那有什麼問題，我知道王爸爸急著抱孫子。」

我和方允評還有玉瑄不約而同地拿起杯子，輕輕地和阿浩的杯子碰了一下，在乾杯聲與歡笑聲中，繼續我們熱鬧又愉快的慶功宴。

而我，看著眼前的大家，心裡的感動實在是無法言喻。

39

「真是的，不給妳男朋友送妳回來，還要我送妳啊？」阿浩和我並肩走著，看了我一眼。

「要不是玉瑄要去找男朋友，我也不用求你陪我回來。」我假意哼了一聲。

阿浩輕輕點了點頭，繼續以悠閒的步伐往前走，沉默了短暫幾秒，才又開口，「是妳叫方允評不必送妳回來的吧？」

「亂講……」我皺皺眉，反駁阿浩，但其實心裡像從前一樣佩服他對我的了解。

阿浩拍拍我的頭，「我又不是第一天認識謝小嘻。我今天在燒烤店說的話，要好好記在心裡喔！」

「嗯？」

「要努力幸福啊！和方允評一起努力。」

我點點頭，因爲阿浩的話，忍不住鼻子酸酸的。「謝謝你。」

「別再說謝謝了。」

我拉住想要繼續往前走的阿浩，「阿浩……」

阿浩再次停下腳步，「怎麼啦？」

「從小到大，有好多事情都是你陪著我的，歡笑、開心的事情別提，每一次我流淚、難過的時候，都是你在身邊陪我。我遇到麻煩的事，你會第一個跳出來幫我擋，遇到不開心的事，你往往是第一個想辦法逗我開心的人。」我抬頭看他，鼻酸的感覺愈來愈強烈，「但在感情這個部分，我卻在一無所知的情況下，不小心傷害了你，眞的對不起。」

「小嘻，說好不講這個了。」阿浩抿抿嘴。

「不！我還想說……」我吸吸鼻子。「我要說，謝小嘻眞是個貨眞價實的笨蛋，就連現在所擁有的幸福，都需要王之浩幫她一把。」

「傻瓜。」阿浩溫柔地笑了笑，是我熟悉的笑容。他伸手擦掉我臉頰上的淚水，

「都交男朋友了，可不要隨便在別的男生面前掉眼淚，不然男朋友可是會生氣的唷！」

「他如果敢生我和你的氣，我就……」

「拋棄他？」阿浩揚起眉，臉上有著淺淺的笑意。

「對！我就拋棄他。」因爲阿浩的話，我又哭又笑的，我知道此刻自己的樣子一定很好笑。

「那我一定會趁虛而入的，重新認眞地好好追求謝小嘻。」

「王之浩！」

「哈！好啦！不開玩笑了，免得妳又擔心。」阿浩往前走了一步，又幫我擦掉眼淚，「我會聽妳的吩咐，趕快忘記妳，找到另一個値得我照顧的女孩。」

「嗯，要加油喔！」

「會的。」

「謝謝你，很多事。」

最後，我帶著微笑說了這樣的六個字。

很簡短，卻隱含了我滿滿的感謝。

40

「眞是的，妳不太盡責喔！」坐在上次來過的那片草地上，我身邊的方允評按著按鍵，檢視單眼相機裡的照片。

「怎麼說？」

「我要妳用這台單眼相機幫我記錄追求夢想的每一個片段，可是竟然完全沒有比賽那天的照片。」

我皺皺眉，不自覺地嘟起了嘴，「因爲那時候，我……」

「那時候怎樣？」

「那時候我沒料到你們會一起合唱，實在太驚訝了，而且當時我眞的太感動，壓根兒沒有想起這件事情啊！」

「這次原諒妳，不過，下次再忘記的話……」方允評瞇起了眼睛看著我。

「就怎樣？」

「就吻妳一百遍懲罰妳。」

我吐了吐舌頭，「這算什麼懲罰啊？」

「也對，應該說是補償。」

「什麼補償啦！」反駁了方允評，我像那天一樣躺在草地上，用手枕著頭。

「像這樣……」方允評出乎我意料地偷親了我一下。

「方允評！」

他對我溫柔地笑著，然後也和我一樣躺在草地上。

「方允評，我問你喔……」我看著飄過幾朵白雲的藍色天空。

「嗯？」

「很久以前就住在你心裡的女孩，是誰呀？」

「是妳啊。」他很乾脆，想都沒想。短短兩個字的回答，讓我心裡甜到不行。

「我？」雖然甜到不行，但我還不太明白，「可是，我們眞正認識的時間並不像你說的那麼久呀！」

「所以妳現在是在進行『大老婆的審問』囉？」他側過身，很有深意地笑著問我。

「哪有。」

「其實，我很早就知道妳就是那個莽撞地衝到考場，害我蹺課的女生。」

我也側了身，驚訝地看著他，「可是，我問你的時候，你不是說對我沒有印象嗎？」

「那時我是故意這麼說的，覺得逗逗妳，看妳的反應實在很有趣。」

「方允評！」

「呼……」他用手枕著頭，也看向藍色的天空，「一開始，我只是想看看有沒有機會拿回那個鉛筆袋，所以在推甄放榜後，我還去查過榜單，想知道妳有沒有上榜。」

「你那時又不知道我的名字。」我皺了皺鼻子。

「是嗎？」他笑了笑，「看來當時妳真的緊張得都忘了。」

「什麼意思？」

「妳那時候拿了我的鉛筆袋，往教室的方向跑去時，還停下腳步對我說：『學長，我叫謝筠嘻，我一定會把鉛筆袋還給你的！』」

經方允評這麼一說，我遺失了將近兩年的記憶片段，好像突然找了回來。

「所以，我看見榜單上有妳的名字時，我就想，一定會有這麼一天，妳會把鉛筆袋還給我。」

「然後呢？」

「然後，沒想到在系際盃時，我就看到妳了。」

「我去幫阿浩加油的時候？」

「嗯。」方允評停頓了幾秒，「後來有幾次比賽，都看見妳坐在觀眾席加油。大概就是從那個時候開始吧！不管是比賽，或者是純粹去球場打球，我都會特別注意妳是不是也在。」

「是嗎……」

「所以，我早就開始注意妳了。」

「那你爲什麼不主動找我啊？」

「這樣好像在討債呀！」

「怎麼會？」

「怎麼不會？」方允評嘆了一口氣，「而且……」

「嗯？」

「還有另一個原因是，我原本以爲阿浩是妳的男朋友，以爲妳之所以常到球場，是要幫男朋友加油。我是知道你們不是男女朋友之後，才決定追求妳，向妳告白的。」

「那你後來怎麼知道我和阿浩不是男女朋友呢？」

「嗯，是阿浩主動來找我的那天告訴我的啊。」

我想了想整件事情的經過，終於漸漸清楚了原委，所以是阿浩又默默幫了我一次。

「原來如此。」

「是的。」這個時候，方允評的手機突然響起，於是他坐起身，「我接個電話。」

「嗯……」我閉上眼睛，原本想趁方允評接電話的時候休息一下，但我聽到他談話內容，立刻坐了起來，滿是期待地看著他，想從他回應對方的言語中多獲得一些資訊，雖然不怎麼完整，但我知道這肯定是一通帶來好消息的電話。

「是誰來電？」他結束通話後，我迫不及待地問。

「某個歌唱比賽節目的工作人員，」他笑了笑，「他說，某某老師上次擔任校園歌唱比賽的評審，覺得我和阿浩這組的合唱搭擋很不錯，想推薦我們，所以來問問我們有沒有意願參加。」

「眞的嗎？」我抓著方允評的手，「好棒喔！」

他笑著，親了一下我的臉頰，「對呀！這全都是因爲我的幸運女神謝小嘻帶給我的好運。」

我看著他，嘴上忍不住地反駁，但我猜我臉上的甜蜜一定完全掩飾不了，「你很肉麻耶……」

「我說的是真心話，」他用溫柔的眼神看著我，「不過別忘了，未來的每一個片刻，我都要妳用那部單眼相機為我們記錄下來。」

「嗯……」我點點頭，甜甜地笑了。

「包括每一個幸福甜蜜的光影，以及每一個追求夢想的片段。」他將手輕輕放在我的耳際，用鼻尖摩娑著我的鼻尖，輕聲而溫柔地說，「我真的很喜歡妳耶！」

「多喜歡？」我帶著笑意問他。

他沒有直接回應我的問題，卻用了他深情而溫柔的吻回答了我。

【全文完】

〔後記〕

約定好再次相遇

開始這篇後記時，才突然驚覺距離上一本實體書相隔了好一段時間。雖然在這段日子裡，一樣與許多讀者在網路相聚，一樣透過熟悉的方式在故事裡相遇，但謝筠嘻與方允評的故事能夠以實體書的形式和大家見面，對於Micat而言，就是一種幸福的浪漫。

希望對每一位讀者來說也是。

這篇原定名稱為《光影．幸福先決》的故事，基本上是繞在「回憶」的點上開始的，或者應該說，在Micat某天忙碌得覺得累了，想哭的時候，想起了某些已經離自己好遠的回憶，想起了因為忙碌而好久不見的朋友，想起了永遠不會再回來的過去的自己，還有那個曾經以為可以完成的夢想……

於是，謝小嘻的故事就來了。

正看著這篇後記的你，是像方允評一樣勇敢追求夢想，還是像謝小嘻一樣，對於夢

想連想都不敢想，甚至根本不相信自己能夠完成呢？或者，原本是方允評，但是後來因為種種的失敗，變成了謝小嘻？

無論是哪個答案，Micat都希望能透過這樣的故事，帶給大家不一樣的感動，讓大家感受愛情與友情的幸福，感受「追求夢想」過程中的喜悅。當然，也希望藉著這個故事提醒大家，不管在什麼時候，永遠別忘了藏在心中那個最鮮明的夢想，因為夢想，才是讓人更勇敢向前邁進的偉大信仰！

當然，最後還是要謝謝每個喜歡Micat故事的讀者，謝謝最親愛的家人，謝謝最親愛的Richard，以及辛苦的編輯。

下次，就約定在新故事相遇吧！

Micat

國家圖書館出版品預行編目資料

相遇，遺落在時空裡 / Micat著. -- 初版. -- 臺北市；商周，城邦文化出版；家庭傳媒城邦分公司發行，民 102.06
面 ； 公分. --（網路小說；216）

ISBN 978-986-272-397-5（平裝）

857.7 102010196

相遇，遺落在時空裡

作　　者／Micat
企畫選書人／楊如玉、陳思帆
責任編輯／陳思帆

版　　權／翁靜如
行銷業務／李衍逸、蘇魯屛
總 編 輯／楊如玉
總 經 理／彭之琬
發 行 人／何飛鵬
法律顧問／台英國際商務法律事務所　羅明通律師
出　　版／商周出版
台北市中山區民生東路二段 141 號 9 樓
電話：(02) 2500-7008　傳真：(02) 2500-7759
blog：http://bwp25007008.pixnet.net/blog
email：bwp.service@cite.com.tw
發　　行／英屬蓋曼群島商家庭傳媒股份有限公司城邦分公司
聯絡地址：台北市中山區民生東路二段 141 號 11 樓
書虫客服服務專線：(02) 25007718．(02) 25007719
24小時傳眞服務：(02) 25001990．(02) 25001991
服務時間：週一至週五09:30-12:00．13:30-17:00
郵撥帳號：19863813　戶名：書虫股份有限公司
讀者服務信箱 email：service@readingclub.com.tw
城邦讀書花園網址：www.cite.com.tw
香港發行所／城邦（香港）出版集團有限公司
地址：香港灣仔駱克道 193 號東超商業中心 1 樓
email：hkcite@biznetvigator.com
電話：(852)25086231　傳眞：(852) 25789337
馬新發行所／城邦（馬新）出版集團 Cité(M)Sdn. Bhd.
41, Jalan Radin Anum, Bandar Baru Sri Petaling,
57000 Kuala Lumpur, Malaysia.
電話：(603) 90578822　傳眞：(603) 90576622
email:cite@cite.com.my

版型設計／小題大作
封面插圖／文成
封面設計／山今伴頁
電腦排版／浩瀚電腦排版股份有限公司
印　　刷／高典印刷有限公司
總 經 銷／高見文化行銷股份有限公司
電話：(02)2668-9005　傳眞：(02)2668-9790
客服專線：0800-055-365

■ 2013 年（民 102）6月6日初版　Printed in Taiwan

定價 / 180元

ISBN　978-986-272-397-5

商周出版

廣	告	回	函
北區郵政管理登記證			
台北廣字第000791號			
郵資已付，免貼郵票			

104台北市民生東路二段 141 號 2 樓

英屬蓋曼群島商家庭傳媒股份有限公司　城邦分公司

請沿虛線對摺，謝謝！

商周出版

書號：BX4216	**書名**：相遇，遺落在時空裡	**編碼**：

請於此處用膠水黏貼

商周出版

讀者回函卡

謝謝您購買我們出版的書籍！請費心填寫此回函卡，我們將不定期寄上城邦集團最新的出版訊息。

姓名：＿＿＿＿＿＿＿＿＿＿＿＿ 性別：□男 □女

生日：西元＿＿＿＿年＿＿＿＿月＿＿＿＿日

地址：＿＿＿＿＿＿＿＿＿＿＿＿

聯絡電話：＿＿＿＿＿＿＿＿ 傳真：＿＿＿＿＿＿＿＿

E-mail：＿＿＿＿＿＿＿＿＿＿＿＿

學歷：□1.小學 □2.國中 □3.高中 □4.大專 □5.研究所以上

職業：□1.學生 □2.軍公教 □3.服務 □4.金融 □5.製造 □6.資訊
□7.傳播 □8.自由業 □9.農漁牧 □10.家管 □11.退休
□12.其他＿＿＿＿＿＿＿＿

您從何種方式得知本書消息？

□1.書店 □2.網路 □3.報紙 □4.雜誌 □5.廣播 □6.電視
□7.親友推薦 □8.其他＿＿＿＿＿＿＿＿

您通常以何種方式購書？

□1.書店 □2.網路 □3.傳真訂購 □4.郵局劃撥 □5.其他＿＿＿＿

您喜歡閱讀哪些類別的書籍？

□1.財經商業 □2.自然科學 □3.歷史 □4.法律 □5.文學
□6.休閒旅遊 □7.小說 □8.人物傳記 □9.生活、勵志 □10.其他

對我們的建議：＿＿＿＿＿＿＿＿＿＿＿＿

【為提供訂購、行銷、客戶管理或其他合於營業登記項目或章程所定業務之目的，城邦出版人集團（即英屬蓋曼群島商家庭傳媒（股）公司城邦分公司、城邦文化事業（股）公司），於本集團之營運期間及地區內，將以電郵、傳真、電話、簡訊、郵寄或其他公告方式利用您提供之資料（資料類別：C001、C002、C003、C011等）。利用對象除本集團外，亦可能包括相關服務的協力機構。如您有依個資法第三條或其他需服務之處，得致電本公司客服中心電話(02)25007718請求協助。相關資料如為非必要項目，不提供亦不影響您的權益。

1. C001辨識個人者：如消費者之姓名、地址、電話、電子郵件等資訊。
2. C002辨識財務者：如信用卡或轉帳帳戶資訊。
3. C003政府資料中之辨識者：如身分證字號或護照號碼（外國人）。
4. C011個人描述：如性別、國籍、出生年月日。

請於此處用膠水黏貼